ཕོ་ལ་རམ་ཕ།

국립중앙도서관 출판예정도서목록(CIP)

용내래미 : 마종옥 제2시집 / 지은이 : 마종옥. -- 서울 :
한누리미디어, 2018
  p. ; cm

ISBN 978-89-7969-789-6 03810 : ₩11000

한국 현대시 [韓國現代詩]

811.7-KDC6
895.715-DDC23   CIP2018042054

용내래미

지은이 / 마종옥
발행인 / 김영란
발행처 / 한누리미디어
디자인 / 지선숙

08303, 서울시 구로구 구로중앙로18길 40, 2층(구로동)
전화 / (02)379-4514
Fax / (02)379-4516
E-mail/hannury2003@hanmail.net

신고번호 / 제 25100-2016-000025호
신고연월일 / 2016. 4. 11
등록일 / 1993. 11. 4

초판발행일 / 2018년 12월 26일

값 **11,000**원

ISBN 978-89-7969-789-6 03810

마종옥 제2시집

용내래미

1965년 헬기에서 찍은 용내래미 전경(용비지, 龍飛池)

한누리미디어

시인의 말

하늘이 좁은 이유는 용비지龍飛池에 있습니다
유년시절 기억에서 잠자는 것을
끄집어 묶고 보니 가슴이 벅찹니다
전기가 없던 산골마을의 추억을
한 권의 책으로 엮는다는 게 부족하다는 걸 알고 있지만
흐린 기억 하나라도 놓치기 싫었습니다
부족할 것 없는 요즘에 바라본다면
촌스러운 이야깃거리가 추억이 될까 싶지만
튼튼한 내 이력이었습니다.
사방이 막혀 높은 하늘마저 손으로 잡을 듯한
용내래미를 버릴 수가 없다는 것입니다.
흔적은 수몰로 사라지고 하늘만 남아있는 듯한 용내래미가
용비지라는 이름이 엎혀져 화려한 벚꽃이 사방을 지키고 있고
뜨는 해, 지는 해가 아름답다는 소문은
전국 사진작가들만 끌어모으고 있습니다.

수원 원천 방죽을 거닐고 있습니다.
용내래미를 붙들고…

2018. 세모에

Contents

1부 _ 즐기다

2부 _ 읽다

Contents

3부 _ 느끼다

4부 _ 그리다

용내리다

Contents

1부

즐기다

가오리연

다 쓴 공책을 찢어 붙인 가오리연에
빨간 동그라미가 삐뚤삐뚤
국어 단어와 산수문제 답이 댓조각에 걸렸다

일기장을 찢어 만든 연 꼬리에
어른이 되면 선생님이 되겠다는 꿈이 또박또박 선명하게 도드라졌다

구름밭이 된 앞산 꼭대기
뭉텅이 구름은 덩달아 신이 난 듯 높이높이 오르고
얼레를 돌릴 때마다
낚싯줄에 걸린 가오리 한 마리는 허공에 취해 끌려오고 올라가고
장래희망은 훨훨
온 동네에 뿌려지고 있을
그때
언 손을 호호 불며 꿈을 낚고 있었다

감꽃 목걸이

꽃도 아닌 꽃이 꽃인 듯
잔풀 틈새에 노르스름 도드라졌어. 설익은 감꽃이 소복했어
감을 살찌우는데 첫 단추를 풀고 있었던 게야

그 수많은 새끼들을 끼고 있던 감나무가 마을 모서리마다 꼿꼿했었으니까
감나무 아래 엉성한 홍분은 길게 낀 감꽃을 내 목에 걸 수 있었던 것이야

아주 간단한 간식거리로
감꽃 하나씩 뽑아 입에 넣을 때마다
질깃하고 텁텁한 풋맛이 뎗은 침 솟게 했어

은은한 향에 다도를 즐기는 거실 한복판
말끔한 테이블 위에 감잎 우려낸 도자기 찻잔을 오르내리며
진주 목걸이를 길게 걸어도 그때의 만족은 아니야

까맣게 잊었던 감잎 단내에 콧구멍이 벌렁거리는
오늘 밤은
멀고 먼 그곳으로 감꽃을 주우러 가야겠어

개구리 천렵

가쁜 숨 몰아쉬었다
혀를 쭉 내밀었다
철사줄에 꽂힌 개구리 죽음의 전조였다

버들강아지 물기 오르면
냇가의 덤벙덤벙 아이들은
바짓단을 걷어올리고
치맛단을 추켜올리고 냇가를 더듬는다

개구리 배를 통과한 철사줄이 어린 키만큼이나 길었으니
개구리 사냥은
초여름부터 가을까지 간격을 메우는 놀이이며 산골의 간식거리였으니까
뒷다리를 잡으면 그만

바윗돌 바닥에 힘껏 내던져 기절시키는 건 바짓단 올린 사내들
넓적한 돌에
통통한 뒷다리를 올려 달구는 내내 치맛단 친구들 입에 침이 고였다

콩자반처럼 깔려 있었던 논에서

콩 튀듯 내게로 뛰어오는 개구리의 케케묵은 기억이

곧잘 머릿속에 등장하는데

그 많던 개구리는 다 어디로 갔을까

통째로 수몰된 고향

귓속 어딘가에 숨어 간간이 터져 나오는 개구리 울음소리

잘 자란 내 키는 개구리 뒷다리 덕이 아닐까

감추기 장난

대나무 숲에 숨고
숭숭 구멍 뚫린 짚단 속에 들어가고

뒤란 장독대에 숨고
침침한 헛간이나 장작더미 나뭇간 뒤에 몸을 감추고

집집의 둘레 모두가 몸을 꼭꼭 숨겨준다

술래는 한 명
놀이꾼은 열댓 명

가릴 곳 지천이니 한 번 술래는 온종일 술래다

*감추기 장난: 숨바꼭질

공깃돌

흙바닥 공깃돌
흙 범벅에 웃음 범벅 또르르 굴러가는 시선

오
르
락
내
리
락

얼굴은 붉으락푸르락

그

하찮은 공깃돌 하나에 목숨을 걸듯 치열할 때가 있었다

구슬치기

깊은 숨 들이켜고 뿜어내는 찰나
던지는 구슬
눈을 감거나 지그시 뜨지만 중심을 깨뜨리지 않는다
구슬 한 사발 구덩이에 들어가는 동시에 환호성이다

눈금이 없다
정확한 센티미터가 없다
눈 초점과 구슬의 거리는 순전 눈대중이다

손을 추켜세우고
구슬이 맞아떨어지는 딱 소리에
신나서 몸을 흔드는 친구들의 얼굴은 흙먼지로 덮였다

곳곳이 깨지고 떨어져 나간 구슬이
마치 마을 동무들의 성격처럼 갖가지의 모양새다
조금은 거칠다 해도
그 마음이 새알처럼 모여졌다, 동무들의 마음이 모아진 듯

내 더위

여름을 팔았다

내 더위!

아침 일찍
동무에게 내 더위를 팔고 나니 하루가 무겁고 지루했다

그해
여름은 두 배로 더웠다

맞수

하얀 티셔츠에
목때 자국이 선명했지만
중심이 반듯하고
몸가짐이 그럴싸하게 반짝이고
야무지고 담백한 맛이 어우러져 속내까지 보았던 친구가
어떤 놀이든 이기는 데 이골이 났다

네 개의 네모 선을 긋고
네 개의 세모 선을 긋고
노리개로 주워 온 넓적한 돌을
그어놓은 금 안에 안착하게 하는 사방치기
흙바닥에서 적대적
똑똑 부러지는 직사각형 성격에다 눈동자만 땡글한
얼굴, 나는
몸에 익숙한 방법에 집중한다

감정을 다잡아 거들떠보지도 않은 머릿속이 단단한 녀석
뭉클뭉클한 속내를 감추던 나는 마른침에 얼굴만 붉혔다

개심사 비구니가 간간이 지날 뿐인

어슬녘

서로를 견준 볼록한 바지 무릎에

흐드러지게 핀 흙꽃

승부 없는 게임은 노을을 맞지만 내일을 기다린다

바람잡이 놀이꾼

오지게 추운 날
바람잡이 친구 놈은 추위 속으로 친구들을 끌어모았어.
말 한 마디에 코가 꿰인 친구들은
자석에 끌려가듯 재빨리 공터로 달려갔었지
그의 뚝심을 당해낼 친구는 한 명도 없었으니까

마을 초입부터 마을 전부는 마치 친구 놈의 것처럼 어디든 그가 차지하면 밀어낼 친구가 없었으므로 보잘것없는 마당 언저리까지 그놈 맘대로였어, 기둥이었던 것이지

수북이 내려앉은 폭설의 날이면
딱딱하게 언 마당의 중앙에 친구들을 우뚝 세워 놓고
고개를 치켜들고 콧구멍을 벌렁거리며
더듬더듬 말솜씨로 힘자랑에 열을 올리는 송곳눈의 악동
콧물로 얼룩진 그의 소매 끝은 반질반질했던 녀석은 넓은 어깨를 가졌어

비료포대를 찢어
딱지를 접을 때부터 으쓱거리는 압력에 수긍하는 친구들은

애써 만든 우리들의 딱지를 그놈이 주머니가 찢어질 듯 쑤셔 넣어도 대꾸도 못했지
흙바닥에 딱지를 수북하게 쌓아놓고
다리를 쩍 벌리고 차례를 만드는 것도 그 녀석의 마음대로지
딱지를 칠 때마다 흙이 풀썩거리듯 내리치는 강렬한 눈빛에
다 빈손이 돼 버리는 게 일쑤였지

가진 것이라고는 힘밖에 없는 그놈은
친구들의 오줌과 똥도 그놈의 밭에 떨어뜨려야 했었어.
농사지을 거름이 된다나,
그를 꺾어 누를 힘까지 몽땅 그놈의 것이었어

매미가 자지러지는 여름에도 매미는 그놈의 것이었고
친구들은 매미 울음만 가질 수 있었어
때로는 산등선 가을 열매까지 그놈의 허락을 받아야 했으므로
계절까지 장악하듯 늘 앞장서는 기질을 뽐내고 그랬으니까 참 커다란 놈이다 그랬지

이제는 알았어,
그놈의 결이 사나운 그것도 질긴 정情으로 남아 있다는 것을

밥도둑

초가집 굴뚝 연기
모락모락 온종일 끊이지 않는 날이다

산골의 하루가 시끌시끌한
보름날
아홉 번 나눠 먹는다는
오곡밥과 아홉 나물 반찬에 밥상 다리 휘는데
밥사발에는
크고 작은 이웃 이웃 밭이랑이 올라와 앉았다

끼니가 없는 하루
종일 먹는다

집집마다 무쇠솥 안에는 수북수북 담은 밥그릇들이 포개졌지만 그 밥의 주
인은 없었다. 단속하지 않으니 동네 모두의 밥이고 반찬이다. 초저녁부터 늦
은 밤까지 동네 어린이들은 고양이 걸음으로 가가호호마다 솥뚜껑을 연다. 떨
그럭떨그럭 쇠 부딪치는 소리가 잠을 깨울 때에도 어른들은 개의치 않는다.
바가지에 양껏 담은 밥과 반찬은 넘치게 자유롭다.

달 밝은 밤의 걸음은 가볍다

달빛에 반짝이었던 숟가락이 이름도 없는 비빔밥에 꽂혀
바가지 바닥을 긁었으니, 너나없이 배가 부른 날이었다

손사냥

고약하다 이름난
친구 놈의 대쪽 성질이 그렇듯
직선으로 내리찍는 매의 곧은 성미가 그랬다

지상을 훑은 매
희뿌윰한 공중에서 헤엄치는 가오리연이 보일 듯 말 듯
창창한 하늘에 리듬을 타는 부드러운 흐름이다
천천히 천천히 포물선을 긋는 매의 소리 없는 걸음이고 입말이었다
날카로운 눈빛을 내려쏘지만 대숲 구석까지는 많이도 멀었다

눈 소복한 대나무 숲 비탈 사이
음침한 좁은 터에
살얼음 추위가 더해 가는 해질 즈음이면
머리를 처박고 꽁지를 위로 바짝 치켜 박히는 어리석음들이 산다

겨울 대숲을 지키는
장끼와 까투리는 겨울 보양식 중 하나
겨울 먹이를 찾아 집 안마당까지 않는가 하면 대숲에 박히기도 하는

그 몸짓은

매를 피하는 방법이었으나 피난처라는 게 죽음의 길인 것이다

두려움 없는 어린 손 바쁘다

어슬렁어슬렁 대숲을 뒤지는 다리가 뻣뻣한 얼음이다

매 한 마리가 몰아준 몇 마리의 꿩은 대숲에 박혀 어린 손으로 너끈하다

꿩의 날개를 재빠르게 낚아채면 그만이지만 언 손 더뎠다

꿩을 잡을 때까지다

지금,

매가 달려들 듯 날렵한 기억을 사냥하고 있다

악동들의 일기

파문이 일은 건
붉은머리 오목눈이 새알들이 옹기종기 하얗게 파랗게 공깃돌 같다

앞산, 뒷산에 즐비한 새 둥지
지붕이 없는 보금자리가 촘촘하고 야무졌다
산기슭 햇살과 바람을 안은 나뭇가지나 풀 속에 앉은 침묵이다

무성한 이파리가 우리의 얼굴을 때렸지만
인기척에 놀란 숲
매일매일 새알을 관찰하는 악동들은
손을 접었다 폈다
둥지를 건드리고 돌아서는 하늘에는 새들이 비행 중이다

네 것

내 것 찍어 놓은

나무 부스러기 둥지 안에 공깃돌 같은 새알들이 촘촘하다

악동들은 호랑(호주머니)에 새알을 채우고

새집을 헤집어 새알을 터트리는 짓궂은 악동도 있었으니

어미 새의 슬픔이 날카롭게 뒤통수를 따라와도 뒤처질세라 돌아보지 않았다

간혹 싸움 소리가 엉겨 붙은 건

한 냄비에 몰아서 삶은 각자의 새알을 구별하기는 어렵기 때문이다

새의 성품이 깨어지듯

악동들의 어린 마음이 깨지지 않을까 염려해도 정은 깨지지 않았다

개울가에 둘러앉은 악동들은 빈 둥지 같았다

여름 즐기기

날벌레와 모기떼가 모여 살기에 안성맞춤이다

대밭 야무진 앵두에 집중적이다
헐렁한 윗도리를 걷어 올려 앵두를 따 넣고 땀범벅에 헐떡거려도
윗도리에 앵두물 따위는 개의치 않았다

보릿대에 앵두를 얹고 살짝살짝 입김 불어 올렸다 내렸다
누가 누가 높이 올라갈까 눈을 치켜뜨는 게임은 어떤 놀이와 비교나 할까
퉤퉤 앵두씨 뱉는 것, 누가 멀리 뱉나, 그것 또한 게임이었으니까
알밤 눈(별명) 친구,
그 녀석의 치켜뜬 눈은 여름 더위 한 방에 날렸다

앵두를 따는 재미가 컸던
대나무 사이마다 올곧은 햇살 꽂히고 대숲 모기는 맵다
모기한테 무료 제공된 맨살 팔뚝은 운다

대밭 닭들은 외로운가
온종일 눈을 감고 사색 중이다

짧은 잠을 즐기는 산새들도 더위를 피해 대나무 숲에 들어왔다

간간이

졸음 닮은 매의 뜬재물이 되곤 했다

찰 고무줄

고무줄 중간중간마다 튀어나온 매듭은
마을 친구들 우정처럼 옹골지게 엮여 있었다

언제라도 끊어질 듯 가난이 숨겨진 고무줄이
성이 차지 않은 마음들은 애매한 풀뿌리에 화를 풀어내기 일쑤였다
그런 마음을 읽기라도 하듯 친구들의 기분을 삭여주는 친구, 그 녀석은
우리들의 힘이자 든든한 지원자다
당당한 체구만 봐도 누구든지 주눅이 들어
학교 운동장이나 하굣길에서 대응할 친구는 나타나지 않는다
누구도 그를 이겨낼 장사가 없다는 증거였다

매듭이 많은 고무줄을 수리하고 돌보는 시간을 허비하다가
그 녀석에게 지원만 하면
다른 동네 아이들 고무줄을 양껏 끊어다 줬던 고무줄은 탄력이 좋고 질겼다

끊어다 준 찰 고무줄
나뭇가지 새총에 묶어 당기면 돌멩이가 멀리멀리로 튕겨 쭉쭉 늘어나는 힘
은 그놈의 성질처럼 잘도 버텼다

탄력에 고함에 앞산의 소쩍새도 목청껏 소리를 높였다

어스름 어둠이 온몸을 감아도

고무줄놀이에 신발을 내팽개치고 계속된다

몸을 넘기며 맨발차기를 할 때마다 그 순간만큼은 어린 몸이 고무줄처럼 쭉

쭉 늘어났다

치마가 뒤집히는 것 따위는 개의치 않는다

끊어다 준 찰 고무줄로 팬티 끈을 조이고 있었으니까

참나무 자치기

마을 땅, 모두를 차지하듯 동네 전부는 아이들의 무대였다
통틀어 봤자 열댓 명 친구들은
어떤 놀이든 전체가 다 몰리는 것이다

앞산, 뒷산에 지천으로 널린 게 다 장난감이다
수북수북 한 풀, 나무, 돌, 산에 걸친 구름도
날아가는 새까지
그 넉넉하고 고운 빛깔의 저녁 햇살까지
어린 마음을 잡아당겼던 모든 게 우리 것이다

냇가
논밭
승부를 가리기 위해 구멍을 파고
편을 가르는 사내애들
뒷산 참나무 가지로 만든 어미 자와 새끼 자
겨울 추위를 사고팔아도
흑백을 가르듯 치열한 자치기 놀이는
우리들의 유적으로 남았으리

자치기하는 날에는 뒷산 참나무 가지가 흔들렸으니까

그냥 무조건 이기는 것이다
간혹 마을 울타리 너머로 던져
떨어진 곳까지 거리를 재는 건 어미 자이지만
울퉁불퉁한 논바닥을 재는 어미 자는 눈가림의 그림을 그리듯
엉터리 재판을 끝내기도 한다

마음과 힘을 모을 때
많은 점수를 얻었다는 것은 일찍이 협동을 깨우친 것이다

의욕을 불태우는 홍이 돋으면 공중에서 두 번 짝짝
두 배의 점수에 흥분은 좀처럼 사그러들지 않아
이글이글한 무대가 되는 것이다

허공을 때리는 잦은 실수에 깔깔깔, 공터는 들끓고
콧등이나 몸에 스치는 새끼 자의 벌칙
누구라도 놀이꾼이라 불러주기를 바라던 건 아니었을까

화락질

가재들은 빛을 좋아하나 봐요
솜방망이 햇불만 들으면
돌 밑 가재가 스멀스멀 참 많이도 나와요

거칠고 재빠른 동심들을 거북이걸음으로 꼬드겼어요
햇불의 유혹은
냇가의 매끈한 신사 가재도 꼼짝도 못했거든요
까만 알을 품고 있는 어미 가재들은 서로의 집게발을 물고 있었어요
서로를 위로하는 몸부림을 깨트렸어요

양동이에 가득 채운 가재
달빛 아래 얘깃거리가 제법이었나 봐요
민민한 여름 더위를 식히는 사냥이었거든요

버들강아지 냇가는 커다란 수족관이에요

송사리 떼는 제멋대로고
둥근 주둥이 물고기는 차렷 자세로 잠에 빠졌고

다슬기는 옹기종기 돌에 붙어 집을 지키고 있었으니까
미끌미끌한 바닥은 그들만의 동네이었어요
물고기가 발가락에 걸리는 넓고, 얇은 물고기 마을이었어요

냄비 속
몸을 웅크린 가재가 빨갛게 피어오를 때
마치, 화병에 꽂아놓은 장미꽃 다발 같았어요

가재를 깨무는 소리가
아드득 아드득,
그건 가재의 울음소리가 아니었을까요
연거푸 뱉어내는 물총새 소리는 우릴 꾸짖는 소리였을 거예요

*화락질: 저녁 냇가에서 횃불을 들고 가재를 잡는 일

하굣길 주전부리

여름이 오면
산등선 삐비는 살이 통통했어요

책보자기를 허리춤에 차고
삐비를 뽑으러 달려가면
솔솔 부는 산바람은 내 등짝을 밀었지요

질겅질겅
씹는 동안
삐비는 하얗게 쇠고 말았어요

초등걸음

온몸에 마찰을 일으키는
두 개의 산등성, 냇물, 돌, 계곡, 우거진 숲

덩실덩실 등하교를 하는 산길

산토끼
벌
나비
꿩은 동무 같아

책보자기 허리에 차고 영글어 가는 나

안방 담벼락 같은
앞산
뒷산
알록달록한 색깔 움켜쥐고
팔짝팔짝 때론 종종걸음

43

2부

읽다

노루꼬리 밤

등잔불 아래 고주박잠에 깨어
밥상 펴놓고
벌레 먹은 콩 골라내는 손

쪼글쪼글한 손등 안에 하늘을 찌르는 기쁨이었다는 옹골진 자식들
두툼한 이불 속에 속삭거리고
어머니
새벽까지 졸다 말다 콩나물 콩을 고르고 있었다

농부의 아내 겨울밤은 짧았으리라

46

농부의 손톱

손톱이 자라지 않는다는 아버지

알고 보니
벼농사
고추농사
보리농사에
다 닳아버렸으니까

그때는
그 말을 곧이들었다

농부의 일기 日氣

잦은 비로
불어난 냇물은 질척한 마을 도로를 위협하였다
물을 잘 다스려야 부富를 건진다는 이야기
어두운 하늘과 땅이 사납게 출렁거려도
오로지 농부의 간절한 바람은 풍작뿐이었다

귀뚜라미 구성지게 우는
풀잎 사이사이 물방울 대롱이고
하늘이 낳은 곡식이나 채소는 품안의 자식이라며
잠시도 소홀함 없었다

변화하는 일기 日氣에도
풍년만 기억하면 버쩍버쩍 힘이 난다는 농사일
더위 따위는 하찮다며
빗물이 논물이 되고 우물이 된다며 장맛비도 가슴으로 안았다

거친 논밭 두루두루 살피는 한낮
뿌리에서 퍼진 큰 선물은 정성이었다
지렁이도 신이 났는지 꿈틀꿈틀 길바닥에 가득했다

농사꾼 모자

ㅇㅇ약

ㅇㅇ비료

단골 농약사에서 얻어온

모자

박음질 첫 글자부터 짓눌리는 무게

농사의 핏줄

논바닥에 혀가 있나 봐요
쩍쩍 갈라진 논바닥에서 흠을 메우는 수다가 시끄러워요

농심의 탕약은 적당한 비와 고른 햇살이잖아요
농사의 배앓이를 알아본 사람은 다 알아차리거든요

밤 동안 흠뻑 내린 비
하늘은 농사의 말에 귀를 기울였나 봐요
가뭄의 슬픔이 단숨에 사라졌어요.

비의 자막은 초록의 인기척
고개를 쳐들어 봐요
상처傷處 난 초록이 쪽쪽 빗방울을 빨고 꽃잎 속에 숨었어요

저수지 수위가 뻐근하게 단위를 재고
빗물 빠르게 스민 탱탱한 작물은 고개 빳빳하게 도도해요

아마도
하늘의 체중이 줄었겠다 싶어요

누에 기르기

회색 빛 군데군데 검은 점이 보석이었을까
꽤 목돈이 된다는 누에는 기능성 옷을 입은 듯 부드러운 동작이다
그의 언어이자 표현이다

잘 먹고 잘 자야 살 오른다
먹는 것이라고는 오로지 뽕잎 하나, 폭식은 비만을 건졌다
편식증에 걸린 누에가 하는 일이라곤 온종일 빈둥빈둥 먹고 싸는 일
퍼질러 누워 온종일 뽕잎만 먹어 없애는 그 녀석은 왜 식이요법을 몰랐을까
석 잠을 자야 한다
이불을 덮듯 구겨진 뽕잎을 덮어주면 새우잠, 잠꾸러기가 된다

　방 전체를 독차지하고도 살림살이라고는 층층이 뽕잎 한 가지뿐이었던 그
놈은 녹두알 같은 검은 똥을 쌌다. 똑똑 끊어져 나와 또르르 굴렀지만 늘 수북
했으니 얼마나 많은 과식에 시달렸을까, 푹신한 요 위에 누운 듯 묵묵했던
누에가 착한 척 주목받았던 그것은 어설픈 내 귀에 뽕잎 갉아먹는 소리를 선
물로 주었기 때문이기도 했다. 그 청정한 소리는 빗소리를 닮아 내 귀를 자주
살갑게 적시곤 했으니 하나도 징그럽지 않았다. 스멀스멀 내게 다가오는
듯 늘 사근사근했다

때도 없이 먹어치우는 뽕잎은

어린이의 몫

뽕잎 따는 것은 번거롭고 성가셨지만 큰 위안은 있었다

그건, 먹보 누에가 등록금이 됐던 것이기 때문이다

교과서 쪽수에 따라 드러눕듯 초록의 생기가

뽕잎 무늬마다 하나하나 단어로 새겨지고 숙어가 되어버린 듯

끊임없는 풍경을 만들어 줬다

그놈을 키우는 건

도서관 드나드는 것보다 더 진한 진리와 공부를 단숨에 삼켰던 것

일과 공부에서 단단한 것을 고른다면 단연코 공부였지만

가끔은 불평이 가로막았던 때가 있었다

내 안에서 허물지 못했던 불만의 기억이다

먹구름이 산을 덮기 시작하면 누에는 우리 집 중심이 됐다. 어머니의 보물로 관리가 시작되고, 젖은 뽕잎은 안 된다. 먹여서는 안 된다며 신신당부는 뽕잎을 많이 따오라는 것이었다. 누에똥 갈이하는 어머니 말투는 빨라지고 손놀림은 재주꾼처럼 보였다. 짜증만 가득 담긴 망태기를 메고 나서는 걸음은 노

동의 걸음이었다. 엄지손가락만 한 놈이 내 등록금이 된들, 짜증은 사그라지
지 않았었다. 그때만큼은 잠꾸러기 벌레들이 밉상이었으나 망태기 안에 뽕잎
이 들어갈 자리는 없었다. 다 채우지 못한 망태기 속에는 투정이 겹겹으로 구
겨져 있었다

농번기,
    그 바쁜 와중에도 징그러운 누에를 보고
    자식들을 아끼고 칭찬해 주듯
    잘났다 잘 생겼다 되풀이하는 어머니 말을 용케도 알아차린 듯
    기세 좋게 제 몸집을 불리던 벌레들은 농외소득으로 톡톡한 효자라고 칭송
이 자자했다

    하나같이 집 한 채씩을 짓고 있더니
    어느 날,
    몽땅 하얀 집 속에 숨어버렸다
    놀라웠던 그의 재능은 어디에 있을까

달맞이

하늘 한 움큼
그 안에 달은 지구본 같아요
눈이 아프도록 쏘아 올렸어요
희멀건 달 속에 토끼는 방아를 찧고 있을 것이고
무조건 산꼭대기로 올라가 손만 내밀면 달을 딸 것만 같아서
달을 만질 수 있으리라 믿었지요

달빛이 붉으면 가뭄이고
달빛이 희면 장마의 징조라 해요

달무리가 얇으면 흉년이고
달무리가 두터우면 풍년이라 했으니
아무런 차이가 없으면 평년작이라 했던가요

달이 떴어요
허연 달이 떴어요

그때는

정말 달을 몰랐어요, 농사의 진정한 의미를

풍년을 기원하는 어른들의 소원을 몰랐으니까요

오로지

한 가지

둥근 달에 마음만 빼앗기고 있었다는 사실밖에는,

마을 어른들은

두터운 달무리에 마음을 두고 싶었던 게지요

간절한 기도는 일 년 내내 계속됐어요,

풍년을

대마가 가는 길

하늘과 소통이 빠른 마을에

숫대같이 삘쭉 키만 큰 유혹의 대마가 자랐다

처음부터 야산 깊은 골에 터를 잡고

숨어 살아야 하는 팔자로 타고난 현기증

습한 골짜기 구석구석에 숨어 자란 삼을 누가 대마라고 했던가

종종 언론을 흔드는 대마의 중독을 듣는 마약

곧게만 자라는 성질 속, 그 어디에 독을 숨기고 있었을까

날카로운 성깔처럼 뾰족한 오리 물갈퀴 같은 이파리가 빽빽하다

산골짜기 삼밭 숲에 들고 날던 종달새 울음도 대마에 취해 비틀비틀거렸다

삼베를 만드는 건,

까다롭고 질기지만 살림 밑천을 돋우는 광대한 일이다

삼의 성질을 화장火葬이라도 하련 듯 드럼통만한 삼퉁구리가 만들어진다

꽁꽁 묶여진 환각의 성분,

잔가지 정리한 삼대를 모질도록 둘둘 말아 빈틈이 없다

막걸리를 올리고 간곡한 바람이 진지하다

삼이 잘 쪄져야 길쌈이 이어진다는

한나절 내내 달궈진 돌 불구덩이 위에 삼퉁구리를 세우고 부정은 싫다

말초적 흥분을 가다듬은 수행자의 길처럼 다듬어진다

잘 익어라 잘 쪄져라

삼대의 본 성깔을 불구덩이에 태워

거푸 냇물을 퍼붓는 걸음은 바르고 땀범벅 마을 어른들의 울림은 수증기와
더불어 하늘을 덮었다

몸을 바로잡은 손기술의 체위는 빠르게 진행된다

잘 쪄진 삼 뭉치를 작은 폭포에 넘어트리는 함성은 대마의 성질처럼 균형이

없었다

　홍분을 말리고 대마의 성질을 죽이는 일, 그때는 왜 몰랐을까

　삼퉁구리의 열기가 폭포 물에 회복되고 있을 즈음

　호기심이 나비처럼 춤추는 아이들은 모여들고

　뼈를 깎고 살을 도리듯 껍질을 벗겨야 제대로 된 삼이 된다나, 웅성웅성

　삼베 실로 태어나는 원칙을 벗어난 적 없었다

　삼 껍질은 바위 바닥에 널브러져 하늘은 활짝 열렸다

　마을 사람들은 잠잠해지고 잠자리 기웃거리는 풍경이 벌어진 돌 위에

　개구리 뒷다리를 올려놓은 어린 가슴들은 개구리 날뛰듯 힘껏 부풀어 있었다

　그해 겨울밤에는 완전한 삼베 실로 태어나는 삼실 작업은

　연속적으로 겨울밤을 먹어치웠고

　소쿠리에 가득 서린 삼베 실은 여인네들의 유물로 겨울은 살쪘다

대추나무 시집보내기

대추나무 시집보내는 날이래요
신방을 차린 새신랑처럼 쓸쓸한 대추나무 옆구리에 돌멩이
살포시 품어 합방을 하더니
자식 같은 대추가 주렁주렁 달렸어요

날카로운 가시 사이마다
튼튼하고 똘똘해 보이는 대추가 딸내미 같다나요

올가을
어디론가 떠나버릴 자식들
품고 있는
오래된 대추나무는 늙은 부모같이 쓸쓸해 보였어요

땅따먹기

부모님의 전답田畓 나눠 주기

작게

크게

팔십 년 부모의 심장을 도려내듯 숨죽이는 작업이다

물컹한 종아리 근육에 부릅뜬 눈이지만
꿀걱, 마른침 삼키는 소리가 파동이다

하찮고

창백한

묵정밭만 남았다

마을 어르신들이 얼근히 취하는 날

벼 매상하는 날
담배 매상하는 날
누에고치 읍내로 가는 날
해미 장날
운산 장날이 그랬다

몸의 풍경을 깨다

동네 입김으로 추위를 녹이는 양지쪽 마룻바닥은 평상이요, 저녁 찬거리와 잔칫날을 몽땅 끌어안고 익어가는 곳이지요. 짧아진 하루를 오밀조밀 낮은 톤은 풍경을 좁히고 있어요. 머리색을 닮아 야속한 이 잡은 것을 일삼아 했어요. 검은 이는 머릿속에 숨어 또 한철을 나고 있어요. 수시로 괴롭히는 녀석을 샅샅이 뒤지어 제거해도 자꾸 생기니까요. 참 묘한 녀석이었어요.

작은 바람에도 숨이 찬가 봐요. 노인들은 평상에서 해를 당기고 있었어요. 서로의 무릎에 반쯤 걸쳐 베개 삼아 누웠어요. 머리를 헤치고 흔들어 깨우고 있어요. 눈송이처럼 깨끗한 표정들이 금방이라도 터질 봉오리의 얼굴들도 있었어요. 노인들의 피로를 풀어주듯 몇 명의 어린이들은 재잘재잘 즐겁기만 했었어요. 왜 그리 지쳐 보였을까요.

유독 겨울에 극성을 부리던 녀석이 본적지를 찾아온 것일까, 그가 살던 머리카락마다 또록또록한 회색빛 알을 실렸어요. 체온을 붙잡고 추위를 잘도 견뎠나 봐요. 내복 솔기마다 해바라기 씨앗처럼 촘촘한, 착 달라붙어 통통했으니까 옷 솔기를 차고 앉아, 겨울마다 꿋꿋하게 나타나 곳곳에서 공격적이었어요.

풍경을 잃은 몸을 살리는 손놀림은 추위를 빨고 있었어요. 체중을 줄인 자국들은 없어요. 찰진 응착과 제거가 거듭되는 겨울나기는 하루의 햇살을 반으로 접으며 살풍경을 보비하여 가꾸어 놓았어요.

밥 기운

하루 첫소리는 부엌에서부터다

이른 봄이면 바싹 긴장하는 몸의 농부는 밥이 보약이라
헐거워진 땅을 다독거리는 나날,
끼니와 새참은 물 풍년 농사 내내 일품 내조다
들녘을 파는 일력日力을 휴식으로 돌리는 아내의 밥상은 맨발 조제다

밥상 소쿠리는 뷔페식, 유기농 텃밭을 통째로 옮겨놓은 듯 야무진 아내의
조제는 아카시아 그늘에 펼쳤다. 오이, 호박, 가지, 활짝 핀 상추는 남편의 꽃
사랑을 부추긴 들밥이다
농부의 기분 가뿐하다

천 근의 몸도 풀어놓은 춘풍, 점심 정성이 온몸에 스멀거리면 아카시아 그
늘 밑에 매미 소리를 베고 눈을 붙인 아버지는 모아지는 힘 족족 논바닥에 쏟
아 붰다
힘의 원천은 농부 아내의 손놀림에서 얻었을 것이다. 어머니의 곰살궂은 손
끝이 여름빛을 달래는 것이다

빈 소쿠리도 졸음으로 가득 차 논둑길로 사라지고

제살붙이 밀짚모자는 아카시아 나뭇가지에 걸려 고요한 잠깐에도

땅 기운을 모으고 있다

사계절 농부

365일 휴일이 없다

봄볕 더위
밭고랑 위에 제비 떼 한가로이 원을 그리고
거품 흘리며 밭갈이하는 누렁이 소걸음과 발을 맞춘다

여름밤
나뭇가지에 달이 오르면
벌레들은 웅성웅성 집 곁으로 달려들고
볍씨를 뿌려놓은 논
물꼬 하나에 하루 전부를 걸고 밤을 지새운다

가을마당
멍석 위에 콩꼬투리 터지는 소리
깻단 터는 소리가 고소하게 돌아 돌아다녔다

겨울 저녁
가마솥 한가득 쇠죽* 끓는 냄새가 저녁을 헤집고

외양간 누렁이 코는 벌렁벌렁

마을 사랑방 어른들

볏가마로 멍석 짜는 팔뚝 힘은 날 새는 줄 모른다

*쇠죽: 기르는 소에게 줄 먹이

타작

벼바심 날
닭들의 만찬회라 해도 그럴싸합니다
벼 이삭을 맘껏 먹는 날이란 걸 알아차리기나 한 듯
울안의 닭은 기지개를 펴고
마당 둘레를 빙빙 돌며 잔뜩 신이 나 있습니다

이삭 한 톨도 버릴 수 없는 농심이 바짝 긴장하는 날
타작을 알리는 마무리는 마당 가생이*를 짚으로 두르는 작업입니다
일꾼들은 식전바람부터
한 사람 한 사람 모여들고 어린 마음에도 풍년이 들었습니다

한 해 마지막 농사를 거두는
농사의 피로를 단숨에 풀어주는 건 와롱기계** 앞에 발동작입니다
볏단 척척 나누는 손과 나눈 볏단을 훑은 손이 완벽한 박자를 이룰 때
우수수 우수수 떨어집니다
멍석 위에 벼가 쌓이면 쌓일수록 아버지 입은 귀에 걸렸습니다

단단한 몸을 맞댄 일꾼들
서로를 향해 으싸으싸 부자를 낳았다며

탈곡기를 세게 밟으며 박자를 맞췄습니다

농사 고집의 일 년을 위로받은 벼 나락은
차곡차곡 빈방 천장에 닿고
쌀밥으로 책임질 아버지의 어깨는 으쓱거렸습니다

깊숙한 저녁이 돼서야
고개를 처든 닭들은 뒤뚱뒤뚱 무거운 몸을 추스르는데
검불을 태울 모닥불 앞에
식은 말이 오가는 일꾼들은 가는 허리를 펴더니 닭 목을 비틀었습니다
요란한 기계소리에 맞춰 꺼진 꼬꼬닭 소리는
풍년을 고하는 불꽃 따라 위로 위로
높은 줄 모르고 치솟다가 잠들다가 다시 살아나곤 했습니다

토종닭 한 마리가
일꾼들의 푸짐한 저녁상 한가운데를 차지했습니다

*가생이: 가장자리의 충청도 방언
**와롱기계: 벼 훑는 기계

빨래

바지랑대처럼 꼿꼿했던
부모님 성품의 매콤한 삶은
잠시
빨랫줄에 주렁주렁 걸려 있어요

흐늘흐늘 늙어가는 낡은 바지저고리에 햇살 따사로이 올라왔어요
저고리 고름 주위를 고추잠자리가 빙빙빙 돌며 치근덕거리고 있는데
돌이라는 녀석이 내게 그랬던 것처럼 애가 닳아 안달이 난 듯했어요

익어가는 농사 무게만큼이나
고된 농부의 발자취가 늙수그레 비틀,
비틀거려요
농민 훈장 같은 흙 무늬가 선선한 바람에 풀어지고 있었어요

70

농사의 비

농사, 진짜 무늬다
농사, 밑천이다

논바닥 진저리는 볍씨 터지는 소리다
비 오는 날이 정월대보름 날이로다
해 뜨는 날이로다 흥얼거리는 총각

밭 냄새
논 냄새가 향수라도 된 듯
코 벌렁벌렁
차오르는 흥분을 물꼬에 박고
모처럼 농사를 허락한 날이라는 총각

3부

느끼다

귀밝이술

초가집 총총한 마을
어눌한 이웃집 할머니 댁은 삼대가 살았어요
뭐여뭐여 속 터지는 어두운 귀
아침 술 한 잔이 귀가 터질 거라 믿던 날이라네요

집에서 술을 만들 수 없었던 때
막걸리 한 통이면 동네잔치가 거하게 차려졌지요
밀주를 단속하는 술조사*라는 아저씨
예고 없이 나타나면 동네는 어수선하고 소란스러웠어요
집집마다 수색하는 동안
빠르게 전달되는 입질에도 들통이 나고 말았어요
가난한 마을에서는 벌금이 큰 공포였으니까요

정월 대보름
말귀가 어눌한 이웃집 어른
귀가 넓어져라
점점 넓어지거라
막걸리 사발 모서리 부딪치는 소리에 귀를 뚫고 있었어요

*술조사 : 옛날에는 가정에서 막걸리를 담그는 것은 불법이어서 조사가 나와
벌금을 냈으므로 조사 다녔던 사람을 술조사라고 불렀다.

된굿

시름시름 집안 편한 날이 없다. 두메산골에서는 뒷산이 약방이다. 몸이 아프거나 사고가 나면 약초를 달여 마시거나 연고처럼 찧어 바른다. 갑자기 세상을 뜨거나 시집 간 여식이 애가 생기지 않을 때도 그렇다. 겹겹이 터지는 애사에 속이 탄다. 농번기에 가뭄까지 겹치고 군대 간 아들의 기별이 뜸해지면 속수무책, 마음이 약해진 마을 어른은 이웃집 무당 아주머니를 찾았다.

굿을 한다. 푸닥거리 준비는 요사스러웠다. 손이 없는 날에 치러야 한다. 부정을 타니 피를 보지 말아야 한다. 여식들 몸엣것도 용서가 안 된다는 무당의 당부, 되도록 외부인의 출입마저 금했다. 대문 밖 양쪽에 세 군데 나란히 황토를 소복이 붓는다. 마음을 다잡아 무당의 말에 귀를 기울였다. 무당의 말은 법이었다.

무당은 경을 읽고 몇날 며칠 징과 꽹과리를 깨어져라 두들겨 온 동네가 들썩거렸다. 구경꾼들은 쉽사리 들어올 수도 없다. 대문 밖에서 목을 빼고 기웃거렸다. 백설기 한 시루와 갖가지 과일 커다란 상이 흔들릴 만큼 무당의 몸놀림은 점점 거세졌다. 양손에 대나무를 들고 식구들의 얼굴과 몸을 쓸어내리며 중얼거렸다. 무슨 소리인지 알아들을 수는 없었지만 그냥 마을에, 집에 아무 탈이 없을 것이라 추측만 하는 것이었다.

달집태우기

보름 만에 한 번씩 활짝 웃는 달은

검은 바다 위에 레코드판 하나 올려놓은 것처럼 지구를 향해 돌고 있어

그로 인한 희멀건 그림자가 몸을 찌르고

작년 홍수로 떠내려간 논두렁을 걷는 밤, 걸음은 나도 모르게 리듬을 타고

있었지

흉년을 어이 할까

이웃집 영애는 볏단에 불을 붙이며 비대해진 가난을 털고 있었어

빼앗긴 농사를 건지는 풍습의 믿음은 절절하거늘

한숨소리가 발뙈기 언저리마다 흙먼지 찍힌 것들

얼마나 많이 서성거렸던 발자국이던가

작은 농토를 늘린다 한들, 가난을 면하기 어려웠던 걸

하늘에 닿은 정성은 한 섬지기가 거뜬히 넘치고 또 넘쳤어

힘겨워했던 시기에

불미스러운 게 있으면 얼마나 있을까

액운을 쓸어내는 마을의 행사에 불쏘시개 무장한 어린 녀석들

동네 냉기를 단번에 날리는 혈기가 펄펄했어

불똥 튀겨도 좋아라,
옷에 구멍이 나도 얼씨구나
불을 지핀 달집이 훨훨 타 올라
더 훤해진 보름달이 배달

들밥

농부의 몸에

비타민과 십전대보탕 같은 것이다

초가삼간

거무스름한 흙벽
곤궁한 짚 비린내가 늘 빈터 같은 초가에 제비 떼 날아와 지저귄다

속 알맹이 통째로 드러나는 세 평 남짓 초가에는 떨그럭떨그럭
그릇 부딪치는 소리만 소란했다

잔챙이 고구마가 끼니라는 이웃

쌀밥 한 사발
눈요기 호사도 없는 궁한 살림에 가을빛만 기대어 있었고
겨울 냉기는 한 칸 방에 움츠리고 있었으니
봄이 온 초가집
추녀 밑에 제비 울음만 한 소쿠리 떨어지더라

서낭당 귀신 고개

파란, 빨강, 노란색 천 쪼가리가 흐느적흐느적
머리를 풀어헤친 귀신이 금방이라도 뒷덜미를 낚아챌 것 같았어요
처녀귀신
달걀귀신
몽달귀신
마을과 마을이 맞닿은 자리에 귀신들이 모였다는 소문은 어린 가슴을 후려
쳤어요
　노을과 어우러진 빨간 흙 언덕배기는 싸늘한 공기가 도사리고
　점점 붉어지는 석양을 귀신의 짓으로 여겼어요

초등 등하교로 지나갈 때마다

두 주먹을 불끈 쥐고

긴 숨을 들이마시고 냅다 달려야 했어요

산등선이 갈라진 입구를 귀신이 만들었다는 장난꾸러기 녀석의 한 마디에

긴장을 늦추지 않았어요

점점 커지는 담력에도

어스름 분위기는 눈 부릅뜨고 달려오는 듯 차가웠지요

대응할 방법이 없었어요

언덕배기의 위력에 눌려 신발을 옆구리에 끼고 마구 달려

참았던 숨 뿜으며 마을 초입을 다 쥔 하굣길 행사 같았지요

장군 부부

마을의 경계를 그은 이정표입니다

천하대장군^{川下大將軍}
지하여장군^{地下女將軍}

나무로 만난 장군 부부가 마을을 지키고 있었습니다
이름만 장군이지 한 번도 싸움터에 나가본 적 없는
장군 부부
장군이란 벼슬을 받아 꼿꼿하게 살고 있었습니다

하루를 펼칠 때
하루를 접을 때

우뚝 선 위력에 번져오는 위엄은
불길한 조짐 따위는 얼씬도 못하게 두 눈을 부릅뜨고 있었습니다
험상궂은 표정에 기가 눌려 넙죽 절을 하는가 하면
무조건 두 손을 모아 소원을 빌면
나뭇가지에 묶인 삼색 끈은 너울너울 대답했습니다

마을의 안녕과 간절한 소망이 함께 묶여 있었습니다

하늘을
땅을

신성시 여기던 장승제長丞祭로 마을 안녕을 빌었습니다.
돼지 멱따는 전야의 비명을 제물로 바친 풍악소리는 하늘을 감쌌습니다
고사상에 통돼지를 올리고서야
또 한 해가 무사히 지나겠구나, 그리 여겼습니다

용내래미 봄

지천의 야생화가 겨울바람을 쉽게 눕힌다

시영

찔레

칡 새순이

앞다퉈 나오는 새순도 동네 어귀 가시덤불까지

손닿은 곳곳마다 만발이다

밀가루 한 포대 뿌려 놓은 듯

찔레꽃은 봄이 기쁠소냐 지화자 좋다, 하였다

산 둘레로 꽁꽁 묶인 마을

봄꽃들은 얼크렁 덜그렁 봄맞이로 떠들썩하고

하늘은 늘 파랬다

논두렁 밭두둑 소스라니 봄바람은 동네를 깨웠다

군데군데

봄볕이야

만발이야

봄 마중 나온 어린 친구들은

평평한 바위를 쓰다듬으며 나란 나란 봄빛을 캐며

바위 위에 시영*을 수북이 쌓고 슴슴한 맛 즐겼다

슴슴한 맛이 꿀맛인 줄만 알았다

시영을 꺾으면 구멍이 뻥뻥 뚫린, 그 시영은 최상급이야

오후 햇살 흐뭇했다

칡넝쿨은 야무지게 얼싸안고 있고 그건 한 마음이라

*시영: 싱아의 충청도 방언

용내래미 여름

이글거리는 햇살도 잠깐이면 지나간다
사방으로 둘러멘 산 고을의 막바지 더위가 가을바람처럼 청청하다

황소바람도 쉬었다 가는 곳
안락함을 훔치지 못한다는 더위가 여름을 보내는 골

용내래미 가을

가을 색 떠들썩하여 참나무 뒷산 올랐더니
오솔길은
낙엽 와사삭 와사삭 발목을 덮고
칡넝쿨에 엉킨 거미줄은 얼키설키 얼굴이 간지럽다

아침 가을은 은빛으로 빛나고
점심 가을은 갈빛으로 한낮
저녁 가을은 황금빛으로 저물고 있었다
그 모양 정갈하여 한없이 훑었다

집집 지붕마다 비스듬한 굴뚝은 아낙들의 심지
그럴싸한 그 모습은 한 권의 시집이 됐어

등마루의 다람쥐가 밤을 물었어
살금살금 다람쥐는 잽싸
입이 찢어질 듯 물은 밤톨, 도둑질이라도 한 듯 줄행랑이야
먹이 숨기기에 바쁜 다람쥐 가족도 우리 집 식구만큼 많은 숫자였어
어디에 얼마만큼이나 숨겼을까

거미줄이 얼굴을 쓸어도

콧노래 흥얼흥얼 발걸음은 가벼웠으니까

참나무처럼 탄탄한 장딴지 친구들은

헐렁한 도토리 보자기를 둘러메고 동네방네 얼싸 좋아

용내래미 겨울

뒤란 장독대 눈 속에 묻어둔
날고구마를 꺼내 먹으며
겨울밤 아랫목 맛이라고 웃음 가득했습니다

눈비와 날카로운 추위가
겨울을 더욱 외롭게 만들었지만
새소리 부챗살처럼 퍼지는 마을은
숲속의 작은 음악회만큼 아름다운 화음이었습니다

앞산에 부엉이 울고
뒷산에 회오리바람을 일으키는 독수리가 날고
깊은 겨울을 즐기는 논바닥 얼음지치기는
발만 쫙쫙, 고립孤立을 쓰다듬는 논바닥 미끄럼이지만
도심 스케이트 얼음판보다 영롱하고 매끄러웠습니다

일찍 스미는 어둠은 제일 먼저
우리 집 지붕 위에 올라왔습니다
어린 달빛에도

지붕 위에 짐승의 발자국 만들어져 매서웠습니다

뒷박 쌀 팔아 겨울을 났던 이웃 친구는
초저녁 잠자는 것은 배고픔을 견디는 것이라 했습니다

하얀 눈은 마을을 넓혀 주지만
좁은 길만 살짝 드러났습니다
이웃과 통로는 멀고
궁벽한 산골 마을의 겨울은
눈 덮인 외로움이었습니다

용내래미 사람들

이웃 이웃들은
사철의 아름다운 풍경에 배어
하늘을 찌르는 듯 청량한 분위기를 몰랐어요

봄은 여름을 재촉하고
여름은 가을을 부르고
풍년 가을을 붙잡고 겨울이 왔던 것을
논과 밭에서 알았던 고을 사람들

물속으로 사계의 아름다움을 보내고서야
영원히 물속에 잠든 뒤에야 알아차렸으니까요
열댓 집 이웃들 모두 흩어진 것은
물속으로 사라진 고향, 수몰 깊이만큼이나 그리웠어요

말랑말랑한 홍시
튼실한 알밤
그 나무들은
물속, 어디서 어떻게 견디고 있을까

용내래미 주인공이었던 용못*의 작은 폭포는 어이 잠자는지

용비지 호수 풍경은 사진발 세다는 명성만 자자한 소문
전국 사진작가들이 새벽부터 밤까지 진 친다는 용비지 호수

수장된
그곳에서
나는
고향 사람들을 길어 올리고 있었어요

*용못: 용이 승천했다 하는 바위와 바위 사이에 작은 폭포가 있는 냇가

용내래미 참새

가을걷이로 북적거리던 마당
모퉁이 볏짚 누리에 푹신한 겨울 햇살이
온종일 지켜준 자리는 참새 놀이터로 안성맞춤이었지요

짚단을 깔고,
참새 먹이 뿌리고
지푸라기 집을 만들어 참새들을 유혹했어요
똘똘한 참새를 꼬드기는데 눈치를 살피지만
사뿐히 내려앉은 참새 떼들은 푸드득 날아가 버리는데도 선수지요
작전은 지켜보는 것 말고는 할 수 있는 게 없었어요

농한기 산골 바깥은 고요하고
큰 대문간에 불화로는 침착할 때 어김없이 찾아오는 참새 떼
참새 가족도 대가족인가 봐요
엉덩이를 요리조리 돌려가며 모이만 쪼는 참새 가족은 마냥 즐겁기만 했어요
짹짹짹 소리가 좋아 좋아로 들리는
참새 말에 두려워하지 않았어요

사냥이 아무리 허술해도

나무 막대기에 새끼줄 묶어 기둥을 세운 삼태기는 완벽한 무기였어요

새끼줄만 잡아당기면 두세 마리는 거뜬하였으니

삼태기 안에 참새는 한바탕 몸살을 하며 거칠어지거든요

약해지지 마라, 나와 조카는 언 손을 비비고

콧물을 훌쩍거리며 쪼그리고 앉아 참새 잡는데 온갖 힘을 모았어요

눈만 탱글탱글한 조카

잔꾀가 늘어난 참새와 줄다리기는 날이 갈수록 진화하는데

닿을 듯 말 듯 사라지는 반복에 정신은 바쁘기만 했어요. 신이 났어요

한바탕 소동이 됐다가 사라지는

겨울나기 참새 길들이기는 하루를 홀딱 뺏겼어요

겨울 방의 풍경

살얼음 홍시 한 소쿠리 앞에 둘러앉은 식구

옛날 옛날에
곶감과 호랑이 이야기와 귀신 이야기에
점점 좁히는 간격에 더 진한 가족애를 만들어 주던 언니들
혀를 말리는 단맛에 겨울밤은 빠르게 깊어간다

방문 틈새로 비집고 들어오는 짐승 울음소리
살갗을 아리는 공포, 이불을 끌어당기는 힘은 공포를 막은 용기였으니
자식들은 도란도란하였다

깊은 밤의 윗방 아버지
화롯불 곁에 불쏘시개 쉴 틈 없이 뒤적거리며 새끼를 꼬시고
깡마른 윗도리에 팔뚝 굵기 하나만큼은 천하장사였다

아랫방 늙은 질화로 옆 어머니
베틀 위에 앉은 잘록한 허리에 둘둘 말은 베 두께가 허리보다 굵었다
틈틈이

콩나물시루에 물주는 것도 잊지 않았으니
겨울밤은 참 길기도 하였으리라

4부

그리다

겨울 새벽

식구 수만큼이나 모아진 체온은

이리 뒹굴

저리 뒹굴

밀고 당기는 잠결 따라 끌려다니는 이불이 몸살이다

문틈의 황소바람도 단잠을 깨우지 못할 즈음

새벽 군불 지피는 아버지

뒤늦게 올라오는 온기가 아랫목을 달궜는데 가까워지는 아침

아까워라

귀가 솔다

아랫목이 뜨끈한 건 부지런한 부모님의 덕분이었다
해묵은 라디오에서 폭설이 예상된다는 맑은 목소리에 귀가 쫑긋한 겨울밤

농한기는 쉬는 게 아니다

다음 농사를 위한 준비라는 뭉툭한 손은 삼태기를 만들고 있었다
솜씨가 두드러진 손놀림은 새벽까지 이어지고
뜰은 하얗다

한기를 느낀다고 움츠리는 건 겨울을 눈여겨보지 않고 사는 것이라 말하는
부모님
주위를 살피고 살다 보면 복福은 외면하지 않는다 하니
내 귀는 늘 바빴다

자식들 손자까지 쭈뼛쭈뼛
왜, 돈이 없느냐? 곡간을 비워야 돈이 나온다는 말
농번기 부지런한 몸놀림은 겨울의 안락이니라, 귀에 솔았던 것이다

귀밑머리 새색시

시집갈 날 정해 놓은 언니의 입술이
뒤뜰 패랭이꽃처럼 호사스러웠어요
톡 건드리면 터질 것 같은 참깨 꼬투리 언니의 미소가
멍석 위에 신이 난 건
쏟아진 깨 알갱이가 혼사 밑천이라는 입소문을 엿들었던 게지요
예비사위는 마당 갓을 서성이며
까치발로 담장 너머 언니를 자꾸 훔쳐봤어요

풍년 깨 몽땅 털어
부모 가슴까지 함께 가져갈 언니의 가을은 넉넉했어요

혼삿날에 죄다 쏟아부을 일 년 농사를
아까워하지 않았으니
부모 마음 사무치는 집안 분위기는 알쏭달쏭했어요
달밤 마루에 걸터앉은
어머니와 언니는 억지웃음에 진지한 이야기
고개만 끄떡거리는 언니에게 당부의 말이 많았나 봐요
참아야 한다,

참아야 산다,

참는 길이 살길이다

참을성이 무기인 어머니는 아마도 그렇게 이야기를 했을 거예요

딸 부잣집

밤나무와 감나무 사이마다
사계의 그림자는
영화와 같은 모습으로 우릴 감동에 빠뜨리곤 했지요

까치소리와
가을바람과
붉어가는 감과 알밤이 터질 때면 어머니도 딸을 낳았는데요
감나무에 감이 열리듯 줄줄이 딸이었어요

수군수군
알밤 터지는 소리가 바람에 날려 안방까지 굴러왔으니까
밤나무 숲으로 잠긴 기와집 안에 딸들은 밤톨처럼 토실토실 여물어 갔지요
깔깔, 호호, 하하, 흥건했어요

밤나무 비탈에 어머니 자식 같은 알밤이 널브러져 다람쥐 가족들이 떼를 지
어 행복하게 사라지곤 했으니까요. 다람쥐 마을로 손색이 없었어요. 간혹 똬
리를 튼 독사가 위협했어도 새벽 알밤을 줍는 건 구릿빛 어머니를 돕는 일로
어린 딸들의 일터이자, 새벽 운동 거뜬했던 밤나무 비탈에서 채워지지 않은

아들의 자리를 메우는 알밤 줍기는 바가지에 한가득 채웠어도 어머니 가슴은
늘 서늘했다 했어요

가을 마루에 앉아
삶은 알밤을 까먹으며 다섯 딸의 옹골진 모습은
두고두고 어머니의 서늘한 가슴을 털어내는 데 충분했다 했지요

응달 집
기와집이라 부르던 집
비탈진 산 아래에 대가족의 우리 집은 용내래미 딸부잣집이었어요

얼음 장사

산이 높아
길이 좁아

늦은 걸음
소달구지 얼음 장사가 마을을 찾는다

가마솥더위에
똘똘 뭉쳐진 마을 인심만큼이나 단단한 얼음이다

삼복더위와 코 찢어진 고무신은 같은 값이다

마루 밑에 먼지 낀 낡은 고무신이 얼음이다

얼음 한 덩어리를 받아 든
양재기 잡은 손은 뜨겁게 깡충깡충 흥이 난다

날은 푹푹 찌고
얼음 둥둥 띄운 양재기물에 흑설탕 듬뿍

여름 더위에 속이 뺑 뚫리는 여름을 날리는 얼음 장사 콧대는 높았다

얼음물이 마시고 싶을 때마다
몰래몰래
멀쩡한 고무신 코를 집어뜯었다

용못

점심 밥숟가락 놓자마자
우리는 멱을 감으러 용못으로 달려갔어요
우리를 기다린 물소리 하나에 가슴 뭉클했거든요
골짜기의 작은 폭포는 모진 가뭄에도 변함없었던
그곳은
우리의 놀이터로 충분했어요

바위로 동그랗게 돌려 쌓인 게 유리관 같아요

남자와 여자의 미역은 분명하게 차이가 났어요. 남자애들은 다이빙과 심한 물장구치는 걸 좋아했지요. 벌거벗은 다이빙 사내의 대여섯 명은 고추만 잡고 바위 위를 껑충껑충 뛰어다니며 앙상한 어깨를 으쓱거리고 실력을 뽐내며 용못을 헤집어 놓으며 담력을 과시했지요. 사내들 놀이 법은 늘 거칠었어요. 여자애들은 물속에 오래 버티기로 이골이 났다고 할까요, 수중발레 선수의 자유자재 몸짓처럼 손 그물의 재주를 부렸지요. 고기를 잡았다 놓았다 즐겼는데, 유연한 물장구의 붕어 떼들은 늠실늠실 춤을 추며 우리 발목을 건드리곤 했어요. 사내들 물놀이에 정신을 팔던 여자애들은 콩잎을 따서 귀를 틀어막고 물놀이 차례를 기다렸어요. 사내들을 힐끔힐끔 훔쳐보는 풋내는 귀를 뚫고 온몸에 스몄어요.

　미역은
　남자, 여자를 분명하게 골라 놨어요

　낮 밤을 가리지 않고 늘 붐볐던
　용못
　농사의 시름을 빨랫방망이로 내리치며
　이불 소청을 헹구며 논밭에서 묻어온 폭염과 노고를 흘려 보냈던
　그 용못
　동네 사람들은 얼마나 많은 피로를 털어냈을까요
　된시름까지 첩첩의 메아리로 다시 돌아온 폭포 물소리는
　거칠다가 사그라지다
　바위를 찧고 있었어요

기도

새벽별 아래
뒤란 장독대 앞에서
정화수를 떠 놓고
기도하는 어머니를 보았다

가슴 깊은 곳에
숨어있는 모습
가끔은 꺼내 펼쳐 놓을 때가 있다

우리 집 대문

안마당과 바깥마당의 경계를 긋는다

삐거덕
새벽 대문 여는 소리는 아버지의 위엄 같았다

기와지붕을 통째로 두른 진진한 초록
그늘의 대명사가 된 대문을 휘감은 등꽃 향기에 일벌들은 날개를 접지 않는다

곡식과 물건을 업은 통로
사철 입을 다물지 않는다

벽오동나무는 마당 문지기
안마당 분수대는 집안을 책임지듯
이웃이 방문하면 물줄기는 토방까지 더 높게 솟구쳤다

대문은
귀가가 늦을수록 더 크게 삐거덕거렸다

우리 집 쪽문

쪽문이 삐거덕 삐걱하면 밥때가 됐다

어머니 손때가 묻었던 작은 문
쌀을 씻고
저녁거리를 다듬고
우리 집의 뿌리였던 약물 같은 우물가를 드나드는 문

감나무
자두나무
단감나무
배나무

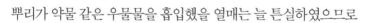

뿌리가 약물 같은 우물물을 흡입했을 열매는 늘 튼실하였으므로
어린 조카들과 각자의 열매를 확인하는 방법이 있었으니, 열매에 이빨 자국
을 만들어 놓은 것이다. 이빨 자국은 각자의 과일 문서로 증명하였으니까, 자
연과학을 만지던 문턱은 마르고 닳도록 드나들던 작은 통로다

하루 세 끼
준비에서 마무리까지 짊어진 문은 쪽문이었다

우리 집 다리

한 가옥씩인 듬성듬성한 동네
외딴 집이라,
엉성한 소나무 다리
유일한 다리 하나가 소통의 길이에요
구멍 뻥뻥 뚫려 냇물 바닥 훤하여 발걸음은 자주 얼었어요

소나무와 솔가지를 엮어
찰흙을 덧바른 다리
몇날 며칠 내리는 비에도 쉽게 무너지지 않지만
다리를 넘나드는 냇물은 외딴 우리 집을 위협했어요
이웃 방문의 발목을 잡았던 다리
폭우가 쏟아지면 쓸쓸함도 있었어요
다리 언저리에 해당화 만발하여 외로움을 달랬지만
빨간 복주머니 같은 해당화 열매에 눈을 돌려 애매한 열매만 깨물었어요
시금털털한 맛은
온몸을 돌다 돌다 튀어나오는 외로움의 맛이었으니
이웃집 풍경을 눈에 넣고
매미소리를 들으며 냇물이 줄어들기만 기다렸어요

우리 집 빨래터

수양버들 늘어진 샘터
둥그렇게 둘러앉은 빨랫돌 입은 다물 시간이 없었다

엉덩이 뒤로 쭉 빼고 걸터앉은
아낙들의 얼굴에 겨울 휴식 흠뻑 젖었지만 혹한의 손은 재빠르다

고추바람 삶이 달라붙은 낡은 웅어리는 동네를 떠돌다 사라지고
이웃사랑
깔깔 웃음
빨랫방망이 내리치는 수다는 불길처럼 번져 사사건건 간섭은 동글동글하였다

낡아 빠진 옷가지를 헹굴 때마다
울컥거리는 가난
물줄기를 따라 차분하게 흘러갔다

우리 집 중문

중문을 열면
채송화가 활짝 웃어주고
돌 틈새 달래가 허리를 구부려 인사를 한다

석류나무
앵두나무
살구나무
간식거리 지천이니 발걸음 바쁜 문이다

참외나 딸기가 몸짓을 부풀리면
오이나 가지가 덩달아 키를 늘리며 낮은 두둑을 움켜줘, 환호성이다

찬 거리나 끼니를 만들어주는
작은 텃밭 둘레에는 함박꽃 덩어리가 어린 마음을 훔쳐갔다

어머니 심부름에 들락날락한 문이다

우리 집 우물

여름에는 차갑다
겨울에는 따뜻하다

달달한 물맛은 혀끝에 숨 쉬고 있다
365일 온 동네에 제공하고도 줄지 않은
우물이자 약수터였다

우물에 빠진
개나리꽃의 뺨이라든지
감잎 하나 동동거려도 달덩이처럼 탐스러웠다

네모반듯한 우물가
목을 휘어잡는 독특한 맛은
모진 가뭄도 투정부리지 않고 새벽 공기처럼 산뜻하다

물,
우물 아래
허드렛일 네모 우물가에 가재는

나타나고

사라지고

어린 마음 애타게 한 가재는 어디쯤이나 있을까

겉도랑 물줄기에 발을 담그고

노을을 읽노라면

물풀의 너울춤에 쫙 붙은 초록 이끼도 고개를 들었다

저녁 알람은 삐거덕 삐거덕 물동이 소리

물동이를 멘 동네 아주머니들은 우물가에 줄서 차례를 기다렸다

젯날

큰 산
두 개 봉우리를 넘어야 조부모님 산소가 있다

할아버지 할머니 기일이 되면
아침부터 큰댁의 제사 음식 돕는 어머니
두루마기 정갈하게 입고 커다란 산봉우리 두 개를 넘어 산소에 다녀오시는
아버지
쫄랑쫄랑
하루가 괜히 즐거운 나

큰댁 벽의 할아버지 할머니 사진
뵌 적 없지만 사진 속 위엄은 정겹고 자상한 모습이었다

젯날
그날 하루만큼은 많은 친지들로 북적였다

큰아버지의 헛기침에
똑바로 바라볼 수 없던 큰댁 안방 아랫목은 항상 따뜻했다

마루까지 밀려나와 제를 올렸던 친척들

또래의 사촌들과 조카까지 큰댁 안방을 꽉 채우고도 남았다

이젠

조촐해진 식구들에 아쉬움만 남는다는 큰댁 장손은 팔순 넘은 지 오래다

책 속의 입담

어스름 달빛 방에 어린 자식들 나란히 누웠다

누렇게 낡은 책을 꺼내 든
아
버
지

책장을 넘길 때마다
컴컴한 냄새
아버지의 책 읽는 소리가 구수한 건지
한 마디라도 알아챈 건지
어머니는
예에~
그랬구먼 유
그랬네 유
어머니 추임새에 흥이 난 아버지

……………이다

·················이란다
················이었단다
점점 높아지는 목소리

잠자는 척 서로의 눈치를 살피는 우린
지루한 시간을 견뎌내는 긴 장마 같은 이야기가
반쯤 흘려 듣고
반쯤은 꿈속까지 걸어 들어왔다

오늘날
유명 강사보다 아버지 낭독이 진했던 것을 몰랐을까

5부

보다

꼬무락지

동네 친구들
너 나 할 것 없이
뿔긋뿔긋 종아리에 잔별이 떴어요

밤과 새벽 사이에
무릎 언저리에 돋아난다는 소문이 일기장 속에 둥둥 떴어요
그저 당연했던 흔적은 더덕더덕 부스럼이었지요

약발이 잘 듣는다는
신창리 약방
허벅지에 똬리를 틀듯 피고름 탱탱한 종기에 고약을 붙였고
구멍이 뚫린 굵은 종기에는 거즈를 쑥쑥 쑤셔 넣었어요
아픔을 참아낸 기록이 다리 곳곳에 남아 있으니까요
종기는 늘 살아 있는 듯 내 허벅지를 터 잡고 누웠어요

불쑥불쑥 나타나는 상고머리 기억

유독 또렷하게 옛날 이야기를 만들어 주는 흉터

가끔은 고약 냄새가 나요

나이만큼이나 자랐으니 의술이 없었던 산골이 뿌린 뒷말이지요

*꼬무락지: 종기의 충청도 방언

느티나무 수문장

동리 초입 느티나무
동네 사람들의 쉼터이자,
높고 낮은 동네 대소사가 다 모이는 곳

황토 바닥 짱짱한 터에
동네 수호신처럼 당당하게 버티고 있는 느티나무
마을 어른의 세월만큼이나 느티나무 그림자도 늙어있었다

고목의 피부는
집게벌레한테 통째로 내주고
굵은 가지는 어린이들 놀이터로 내주었으니까
사방으로 쭉쭉 뻗은 가지마다 굵게 가늘게 감성 덩어리이다
제멋대로 뿌리는 울룩불룩 거장의 몫으로 충분했다

느티나무 성품이
마을의 안녕을 준다는 절대적인 믿음이 전부였으니까
동네 아픔을 알아차린 듯 간혹 울음을 터트린 나뭇가지였지만
우는 느티나무를 탓하지 않았다

느티나무를 달래는 건
한 해 농사를 마치고
술과 떡 흐뭇하도록 차려 빌고 또 비는 것이다
그렇게 느티나무를 달랬다

마을 사람들의 발목을 잡던 그 든든하고 커다란 느티나무는
작은 저수지(용기지)로 수몰돼
물속에 남아 가끔 잔 물살로 떠오를 때가 있다

늦은 방문

빈 마을 용내래미(용비지)이다
저수지 둘레에 내려앉은
파릇한 개나리 이파리가 내 어린 빛처럼 파릇하다

용내래미 물속은 내가 태어나고 자란 곳

내 안의 용내래미를 가지런히 펼쳐 놓고
풍광을 둘러보는 발에 힘이 들어가 꼿꼿해진다

여기저기 물오른 봄
온통 연분홍빛 벚꽃으로 활활 타고
저수지 물 군데군데마다 물비늘에 어룽져
어릴 적 언니가 만들어준 분홍 원피스 향취인 듯 눈과 코를 자극한다

변화된 모습에 안타깝고 애절한
나는
오십 년 후반
저수지 뚝 중턱에 앉아

물밑에 묻혀 긴 잠을 자고 있을 집터를 더듬고 있다

하늘빛과 산빛으로 감쌌던 마을
하늘의 기운을 배부르도록 먹고 자랐던 개구쟁이 열댓 명 친구들은
어디 하늘을 올려보고 있을까

추억을 끌어안은 마을 곳곳의 오솔길은
물 위에 흐릿흐릿,
파란 물빛만 둥그렇게 떠 있는 작은 저수지가 됐다

아른아른
옛적, 그 모양이 사무쳐
목청 높인 흥분의 소리를 던졌더니
산울림은 내 앞

늦잠

새벽

논두렁에 허리를 굽힌 이웃 아저씨들

밭고랑을 끼고 앉은 이웃 아주머니들

오며

가며

그 부지런함을 주워 담았지만

이불을 돌돌 말고 있는, 지금 아침

다독이다

밤이슬 맺은 나뭇가지마다
열매와 이파리가 무성하여 뿌듯하나
나무의 아침은 제 몫이 된다

고향의 가지치기는
짧게
때론 길게
마음 다 열어 고향을 눕혀 놓고
귀 빠지는 나의 시詩를 다독거린다

다리밟기

베란다 창틀 사이에 낀

살구나무 이파리

여름빛에 힘겨웠는지 붉게 달아오른 얼굴이구나

나이만큼 휘어진 다리가 얼마나 힘겨웠으면 창틀에 기댔을까

다리가 튼튼하면

액을 면한다는 옛말에 동네 근처의 다리를 찾아 나선다

하루의 긴장과 피로를 얹은 몸은 천근이거늘

열두 다리를 건너면

아픈 다리가 말끔하게 낫는다는 날에

내가

달을 바라만 보다가

달을 올려만 보다가

어린 시절 기억 속에 보름달을 넣는다. 냉큼

살며 살아가면서 풀어지는 다리가

어른이 되어

끌어당기는 쪽으로 길을 바꾸는 모습이 황혼의 입구에 있구나

눈앞에 그려진 삶에 휘둘렸던 다리

마음을 바꾸고 뒤집으며 동네 구름다리 걷는데

내 다리를 파고드는 트집을 밀어내고
구름다리 위에 서서 몸의 주춧돌을 만들고 있음인 걸
열두 다리를 밟아 액을 쫓는다면
아파트와 아파트를 잇는 구름다리쯤이야
열두 번을 더 들락거린들 어떠하리까

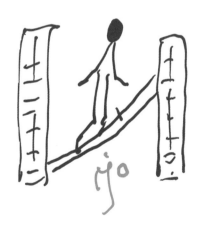

반딧불이

여름밤
밀대방석에 누워 화들짝
도깨비다!
도깨비가 나타났다 거친 녀석이 말했다

조용하기만 한 친구는
별이다!
별이 떴다며 슬며시 내 옆구리를 찔렀다

북두칠성을 세던
나는
밤에 피는 꽃이라 말했다

그 꽃은
밤이 깊을수록
더욱 진한 향을 뿌리며 날아다녔다

씨다랭이

헛간 흙벽에 가지런히 매달린
누런 종이 씨앗 봉지가 배불뚝이 새댁처럼 볼록하다

만삭의 조카딸
부풀대로 부풀었는데 또릿또릿 몸이 재다
예정일이 봄이라

춘삼월이면
씨다랭이 입이 터질 날만 기다리고 있다는,
조카딸과 씨다랭이 봉지

*씨다랭이: 씨앗 봉지의 충청도 방언

불놀이를 들추다

동그랗게
둥그렇게
지푸라기 돌돌 말은 불덩어리가 밤하늘을 휘휘 젓는
옛날로 간다
옛날로 간다

얼어붙은 논바닥을 환하게 밝힌
불꽃
불덩어리
까만 재가 콧구멍 헤집은 정월 대보름 저녁으로 간다

해害가 없노라
병病이 없노라
불꽃 논두렁, 불꽃 밭두둑에 달덩이 둥근 불빛이었다

불똥이 별 거냐
나일론 옷 군데군데 불똥 튄 자국이 별 거냐

쉰 넘어

총총한 기억을 쫓은 도시의 밤은 대낮

모두 환희의 얼굴들이다

설빔

빌딩 숲 곳곳에
옷집 간판이 다양한 이름으로 걸렸어요

쇼윈도 통유리 벽에 어룽진 햇살을 읽은 오후 걸음은 요
일 년에 한 번
코르덴 옷 한 벌에 팔랑거린 기분 감추지 못하고
이웃집에 달려간 여덟 살 기억 때문에 통유리 벽에 이마를 찧는 멈춤이에요

장날, 말 쌀을 돈사는 날
어머니는 설빔을 사러 이십 리 길을 걸어야 했어요
아주 특별한 경우를 끄집어 보는데
쇼윈도의 다양한 옷에게 무감각의 시선이 웬일일까요

옷 가게는 고급 카페와 같이 늘 설빔 자세예요

옷 한 벌에 일 년치 기쁨을 토해내는 설
어린 마음의 새 옷은 콧물 반지르르 윗도리 벗어던지던 날이에요
오일장을 기다렸던 몸은 새털처럼 가벼웠어요

고급 옷을 걸쳐도

왜 마음은 설레지 않을까요

빌딩 숲 행인들의 맵시가 눈을 자극하는 화려함에도 씁쓸한 표정이 쇼윈도

에 걸렸어요

오일 장날의 기억에 가려졌나 봐요

쓴소리

건사할 식솔이 많은 아버지는
수확을 마친 계절에도 조촐한 밥상 민망해 하였다

덜그렁덜그렁 도시락만 책가방
학교가 멀다고 투덜대지 말거라
학교가 멀면 멀수록 머리에 담아올 것들이 많으리라

삼 십 리 길
등하굣길에 거칫거리는 치마 교복
치마 교복을 싫다 말거라
먼 훗날 혼자 입고 싶어도 입을 수 없는 옷이니라

집 밖에 나설 때에는
가장 아끼는 물건을 보고 나가거라
아마, 이른 귀가를 위한 지름길이 될 것이다

친구를 잘 사귀거라
귀를 달게 하면 몸을 쓰게 만들고

귀를 쓰게 만들면 몸을 달게 하는 건 친구이니라

부모를 잘 섬기려면
붉어지는 낙엽을 잘 관찰하여라
그 모습이 부모와 같은 것이니 깊이 읽어라
자다가도 떡을 먹는다며 읊어내는 아버지의 잔말들

농번기를 벗어난
잔소리라고
넋두리라고 흘려버린 것들,
어느새 난 아들에게 똑같은 말을 흘리고 있다

그렇게 쓰디쓴 말들이 이제는 몸에 좋은 단맛으로 변해 있다

용비지 골짜기에 인선화 마을이 있다

불심을 느껴 봐

때죽나무 종鐘이 울려,

타고난 습성의 고집에 자비가 걸려 그윽함이 있어,

어쩜, 개심사 비구니들이

무의식의 힘을 흘려 합장배례했을

한 토막 지혜를 뿌렸을

부유한 고집이 몰린 듯 군데군데 다발로 땅 바라기야

흘리고 간 불심이 자랐을 거야

절간의 성격을 받은 듯 개심사의 햇살 같아

벌 나비 제멋대로 쾌청한 습도

골짜기와 골짜기 사이마다

하얗게 핀 층층의 꽃은 우두머리라

떼로 몰려 만발이라

때죽나무의 어진 계명을 받았을

청정한 분위기를 한방에 휘어잡는 때죽놈의 출몰이라

목에 때가 많아 때죽놈이었던 그 녀석은

바짓단을 정강이까지 올리고 개울가를 제집 드나들 듯했어

한나절을 첨벙거리고도 아쉬워 친구들을 끌어 모으는 게야

냇물소리가 새소리로 들리는 때죽나무 꽃그늘을

제멋대로 흔들어 놓는 끈덕진 성질은 독했으니까

물고기를 기절시키는 그놈의 짓을 재주라

선수라, 그렇게만 여겼어

어느 날부터이던가

때죽놈의 독한 성질이 연해지는 게야

비구니들이 흘리고 간 불심을 받아먹은 게 아닐까

자비의 가르침을 받았던 것일까

때죽나무 그늘에 들어갔다 나오기만 하면 야무지게 여무는 게야

사람의 착한 마음을 닮았다 해 인선화人善化라

골짜기 비탈마다

때죽나무 꽃의 수그린 독성은 수행 중인 듯

더부살이 곤줄박이도 덩달아 다소곳했어

잔칫날

돼지 잡는 날

헛기침

통지표에 적힌
우수 우수수가
어느 날
'미'로 바뀌자
어허!

꽉 끼는 청바지
늦은 귀가를 반기던 아버지 헛기침
그건
꾸짖음이었던 것이다

크레용 껌

알사탕 굴리듯 굴렸어요
칡뿌리 씹듯 질겅질겅 씹었어요

입안에 굴리다, 씹다 지치면 새 옷을 입히기 시작했지요. 한 가지의 색깔을 골라 입힐 때도 있었고, 한꺼번에 몇 가지색을 섞어 씹을 때도 있었어요. 매달린 가격표에 삶이 걸린 듯 오묘한 색에 따라 품질이 따랐어요. 크레파스는 껌에 잘 스며들었어요. 입안에 퍼지는 크레용 휘발성 냄새를 알 턱이 없지요. 크레용보다 껌이 더 귀했던 증거가 아닐까요. 날마다 새 옷을 입히는데 무리가 생겼으나 향기로운 껌 냄새만 알았으니까요

내 껌이다
네 껌이다
장롱 옆구리에 붙였다, 뗐다 자주 이사를 시켰어요

거무튀튀한 장롱 한쪽은 그가 사는 집이었어요. 그들은 열병을 앓듯 울긋불긋한 얼굴로 벼랑을 움켜잡고 있었어요. 혼자만의 표시가 있었어요. 그렇게 그를 관리했었지요. 깨물다 깨물다 지친 어금니를 쉬게 하는 방법은 장롱 벽에서 하룻밤을 재우는 것이지요. 아침 일찍 껌을 찾을 수 있는 것은 인감도장

처럼 찍힌 선명한 이빨 자국이었어요. 거무스름한 껌, 차츰 딱딱해지는 껌, 어금니를 짝짝 맞추며 씹었어요. 이빨이 아렸어요

　오십 줄 내 집
　냉장고 벽에 스티커가 껌딱지처럼 줄지어 붙어 있어요
　통닭집, 족발집, 피자집, 짜장집, 하물며 생맥주까지 배달되는 스티커를 볼 때마다
　마음은 고향으로 가고 있어요

감정이 날던 날

눈과 귀를 설설 끓게 만들던
장대비
꽁보리밥 밥풀이 제멋대로의 성질처럼
자유로운 빗줄기가
용내래미(용비지) 수면 위를
굵고 거세게 부딪쳤어요
사방을 돌던 감정이 몸을 감싸고 있었어요

작품해설

용내래미, 그 수몰되지 않은 기록

― 마종옥 시집 《용내래미》의 시세계

이 재 인

문학평론가 · 前 경기대학교 교수

1. 어느 복원사의 기록

왜 우리는 어린 시절을 더듬는 것일까? 시간이 지날수록 한 인간의 생애에서 가장 멀어지고, 그만큼 희미해지는 것이 유아기, 어린 시절이다. 그때와는 생각도, 모습도 많이 변해 버린 우리는 왜 그토록 어린 시절을 추억하게 될까. 더구나 어린 시절을 보냈던 장소가 다시는 갈 수 없는 곳이 되었을 때, 애틋함은 더해 간다. 희미함이 더욱 우리의 잃어버린 시절을 낭만적으로 변모하게 만드는 것일까.

이러한 인간 심리의 현상을 설명하는 이론은 다양하다. 그 중 칼 융은 인류 보편이 가진, 일종의 선험적 무의식이라는 의미의 집단무의식을 주장한 바 있다. 그에 따르면 인간의 무의식은 집단무의식과 개인무의식으로 나뉜다. 개인무의식은 한 개인이 태어나서부터 경험한 것들에 의해 형성되며, 개인의 경험적 특질을 규정한다. 그런데 이러한 개인무의식을 가능하게 하는 기반으로서

작용하는 것이 집단무의식이다. 이는 개인이 속한 집단, 계보에 의해 만들어지는 무의식, 개인의 경험에 앞서 자리하고 있는 무의식이다. 융은 인류 보편적으로 특정한 상징들이 반복되고 있음을 알게 되었고, 이러한 상징을 '원형'이라 불렀다. 이러한 원형이 가리키는 인류 보편의 무언가가 집단 무의식이다.

물론 개인무의식이든, 집단무의식이든 무의식은 의식적으로 파악할 수 없는 것이다. 그럼에도 융, 그에 앞선 프로이트가 무의식을 주장할 수 있었던 것은, 그들의 의식을 떠도는 다양한 이미지들, 특정한 징후들이 가지는 체계 때문이다. 의식이 전혀 작동하지 않는다고 생각했던 꿈에서 나타나는 이미지들마저도 무의식에 억압되어 있는 무언가, 혹은 무의식 그 자체를 의미하는 상징들이라는 것을 이들 정신분석학자들은 밝혀낸 바 있다.

이런 면에서 어린 시절이란 아직 사회화를 온전히 거치지 못한 시기, 무의식으로부터 솟아나는 것들이 비죽비죽 비집고 올라오며 인간의 원형을 담고 있는 상징들이 가득한 시기는 아닌지. 단지 돌아갈 수 없는 곳에 대한 향수 때문만이 아니라, 인류의 원형, 태초의 인간의 모습을 담고 있는 것이 어린 시절이기에 우리는 그때를 오늘보다 더 떠올리는 것은 아닐까?

마종옥 시인의 어린 시절로도 읽히는 시집 《용내래미》는 수몰된 고향이라는 흔치 않은 상황을 겪은 화자가 등장한다. 시인과 비슷한 시기에 어린 시절을 겪었던 사람들이라면 누구나 겪었을 이야기와 더불어 수몰지역이라는 특징은 시인만의 독특한 개인사를, 시적 정서를 구성하기에 충분하다. 어떤 면에서 독자들과의 소통에 걸림돌이 될 수 있을 수도 있는 특수한 상황에도 불구하고 시집 《용내래미》는 어린 시절의 생생한 이미지와 함께 독자로 하여금

자신의 고향 언저리에 닿아 있는 또 다른 고향을 떠올리게 한다. 정보적 세세
함뿐만 아니라, 놀라운 기억력이라 할 만큼 면밀한 장면 장면, 그곳에 담겨 있
는 감정들은 독자로 하여금 시적 공간 안에 직접 몸을 담고 있는 듯한 느낌을
준다.

　그의 시집은 크게 어린 시절의 놀이, 아버지와 어머니의 모습을 통해 발견
하게 되는, 동시에 자신 역시 자유로울 수 없었던 노동에 대한 추억들로 수놓
아져 있다. 물론 놀이라고 해서 마냥 즐겁기만 한 것이 아니며, 노동이라 하여
고통과 슬픔만을 의미하고 있지 않다. 종국에 놀이와 노동은 어우러져 하나의
세계, 단지 농부의 삶으로만 국한되는 것이 아닌 화자 자신마저도 포함되는
총체적 삶이다. 그곳은 노동과 놀이를 구분할 수 없는 곳이다. 놀이는 노동과
이어지며, 노동 역시 그 사이사이에 놀이를 품고 있다. 어떤 것을 딱 잘라 놀이
라고, 노동이라고 부르기 어려운 세계. 혹은 모든 것이 놀이이자 노동인 세계.
그것은 아주 오래 전 인류가 한 번쯤 겪었던 시원, 완전한 공동체의 집단무의
식을 상징하는 것일 터이다.

2. 놀이, 악동들의 일기

　어린 시절과 함께 떠오를 수밖에 없는 것은 단연 친구들일 것이다. 때론 싸
우기도 하고, 나름대로의 서열이 있어, 함부로 덤비지 못했던 친구들, 지금은
그마저도 추억인 우정이다. 그리고 우정은 놀이와 함께 싹튼다. "다 쓴 공책을
찢어 붙인 가오리연" 날리기(〈가오리연〉), "중간중간마다 튀어나온 매듭"이
주렁주렁 달린 고무줄로 하는 고무줄 놀이(〈찰고무줄〉), "뒷산 참나무 가지로
만든 어미 자와 새끼 자"로 겨울 추위도 못느끼며 하는 "치열한 자치기 놀이"

(〈참나무 자치기〉) ……. 지금의 어린 아이들에게는 물어도 무슨 놀이인지조차 알지 못할 놀이들이 화자의 어린 시절에는 가득하다.

아이들에게 놀이란 지루하지 않게 시간을 보낼 수 있는 것들, 그러나 가볍고, 진중한 의미를 두지 않는 것들이다. 그렇지만 이러한 놀이들은 인간 사회의 형식들을 가져와 만들어진 것들이 많다. 연날리기, 자치기와 같은 전통 놀이에 속하는 것들은 전시戰時에 사용하던 전술과 도구를 그대로 가져온 경우가 많다. 그런 면에서 놀이는 일종의 연습, 실전에 대비하기 위한 준비에 비견되는 경우가 많다.

더욱 거슬러 올라가면, 놀이는 사냥, 채집과 같은 원시생활, 생계를 잇기 위한 수단으로부터 온 것들도 있다. "바윗돌 바닥에 힘껏 내던져" 기절시킨 "개구리 배를 통과한 철사줄이 어린 키만큼이나 길었"던 "개구리 사냥은/ 초여름부터 가을까지 간격을 메우는 놀이이며 산골의 간식거리"였고(〈개구리 천렵〉), "까만 알을 품고 있는 어미가재들"의 "서로를 위로하는 몸부림을 깨트"리고 "양동이에 가득 채운 가재"(〈화락질〉). 선사시대, 동물처럼 매일 먹을 것을 걱정하던 시대에 이것들은 생계유지를 위한 수단이었을지 모르지만, 아이들에게 이는 "민민한 여름 더위를 식히는 사냥"이다.

즉, 전쟁이나 사냥의 일환이었던 것들이 아이들의 놀이로 변모하게 되면, 삶의 무게나 진지성이 사라지고, 한없이 가벼워진다. 그것은 그러한 행위를 하면서 필연적으로 겪게 되는 상대의 목숨을 앗아가기에도 적용된다. 생각해보면 살아있는 개구리의 배를 꿰어낸다거나, 새끼를 품고 있는 가재를 잡아 삶아먹기 위해서는 잔인함, 폭력이 자행되어야만 한다. 그러나 놀이는 목숨을 빼앗는다거나, 잔혹한 행위를 한다는 것에 무게를 두지 않는, 오히려 그러한 것들을 가상적인 것으로 바꾸어 버린다. 곯은 배를 채우는 일은 그 자체로 괴롭고 절실한 일이 될 수 있지만, 놀이는 이러한 배고픔의 무게를 덜어주고, 먹기 위한 행위 그 자체를 즐길 거리로 만든다.

> 보릿대에 앵두를 얹고 살짝살짝 입김 불어 올렸다 내렸다
> 누가 누가 높이 올라갈까 눈을 치켜뜨는 게임은 어떤 놀이와 비교나 할까
> 퉤퉤 앵두 씨 뱉는 것, 누가 멀리 뱉나, 그것 또한 게임이었으니까
>
> – 〈여름 즐기기〉 부분

속이 빈 보릿대에 앵두를 올려놓고 부는 것도, 앵두를 먹고 남은 씨앗을 뱉는 것도 놀이였던 어린 시절……. 목표나 이를 위한 수단을 구분할 필요가 없기 때문에 아무런 의미도 가지지 않으며, 때문에 꼭 해야 할 필요도, 왜 해야 하는지에 대한 이유도 가질 수 없는 놀이. 그런데 이는 놀이에 대한 부과적인 의미부여나 가치 측정이 필요하지 않다는, 놀이는 그 자체로, 그러니까 어떤 의미나 가치를 부과하지 않아도 될 만큼 충분히 자족적이라는 말은 아닌지.

시인은 각각의 놀이마다 세세한 놀이방법을 기록하기도 하지만 놀이를 하던 그 자체의 즐거움, 모든 것을 놀이로 바꾸어 하게 될 때 느꼈던 즐거움과 그 속에 자리잡던 충족감에 대해 이야기하는 듯하다. 배를 채웠다는 만족감이나 사냥에 성공했다는 목표 달성의 성취감이 아닌, 그러한 놀이를 했고, 그렇게 끝난 놀이를 함께 했던 이들과 그 수확물을 함께 나누어 먹는 것을 시에서는 항상 조명하고 있다.

가난한 마을의 가난한 놀이는 그렇게 풍족한 세계로 변모하고, 그곳에서 즐

거움을 공유하는 친구들과 함께 이루는 공동체. 어린 시절이란 이런 것을 의미하는지도 모른다. 그곳에서 '나'는 "놀이꾼"이었고, 천연덕스럽게 사고를 치고 다니는 "악동들", 만물과 어우러지고, 감정을 공유하는 세계의 주인으로 자리할 수 있었다.

그렇다면 어린 시절은 이러한 풍족한 세계, 어떠한 부족함도, 해야 할 노력도 없는 놀의 세계를 통해 인간 보편의 집단무의식을 상징하고 있는 것은 아닐까. 어린 시절을 그리워하는 것은 단지 아무것도 하지 않아도 되며, 모든 것이 공급되던 시기, 그때의 유유자적한 삶에 대한 그리움뿐만 아니라, 이러한 시원의 기억, 한 때 인류에게 허락되었던 시원의 순간에 대한 그리움 때문일 것이다.

그것이 언제인지, 또 언제부터 이를 잃어버렸는지 알 수 없는 일이지만, 분명 노동에 의해 이러한 놀이의 세계로부터 우리는 벗어나게 되었다. 그것은 또 다른 풍요로움, 배고픔이나 이기利器를 가져다 주었지만, 어쩌면 우리는 육체적, 물리적 안락함 때문에 그보다 훨씬 풍요로운 세계를 잃어버리고, 목표를 위해 고통을 감내하는 삶을 살아갈 수밖에 없게 되었다.

3. 노동: 농부의 일기 -氣

농부에게는 "365일 휴일이 없다." 어째서일까? 봄에는 "거품 흘리며 밭갈이 하는 누렁이 소걸음과 발을 맞" 추고, 여름이 되면 "물꼬 하나에 하루 전부를 걸고 밤을 지새운다". 가을이 되면 "멍석 위에 콩꼬투리 터지는 소리/ 깻단 터는 소리가 고소하게 돌아 돌다" 니다가 겨울이 되면 "마을 사랑방 어른들/ 볏가마로 멍석 짜는 힘"(《사계절 농부》)으로 한 해를 마무리 짓는 노동의 삶을 살기 때문이다.

어린 화자도 예외는 아니다. "방 전체를 독차지하고도 살림살이라고는 층층이 뽕잎 한 가지뿐이었던", 누에를 길러야 했기 때문이다. 어머니는 어린 화자에게 "젖은 뽕잎은 안 된다. 먹여서는 안 된다며 신신당부"를 했고, "뽕잎을 많이 따오라는" 주문을 내리기도 했다. "그놈은 녹두 알 같은 검은 똥"을 싸고 "퍼질러 누워 온종일 뽕잎만 먹어 없애는"(〈누에 기르기〉) 통에 뽕잎을 따는 어린아이들의 마음을 심난게 만들기도 하였다.

이처럼 농촌에서의 노동은 끝이 없고 고되다. 그 고됨이 얼마나 큰지 "손톱이 자라지 않는다는 아버지// 알고 보니/ 벼농사/ 고추농사/ 보리농사에/ 다 닳아버렸"(〈농부의 손톱〉)다. 그 뿐만이 아니다. "잦은 비로/ 불어난 냇물은 질척한 마을 도로를 위협하였"고 "어두운 하늘과 땅 사이 사납게 출렁거려도/ 오로지 농부의 간절한 바람은 풍작뿐"(〈농부의 일기─氣〉)이었다. 이처럼 우리는 농부의 노동 속에서 드러나는 고됨과 만나게 된다.

노동이 고된 것은 끝없이 일은 반복된다는 사실에서 비롯될지 모른다. 죽는 그 날까지 우리는 먹고 마시고 삶을 지속하기 위해 노동이 계속되어야 함을 알고 있기 때문이다. 그럼에도 불구하고 우리가 놓치지 말아야 할 것은, 시인이 노동의 고됨을 전하려는 데 목적이 없어 보인다는 점이다. 오히려 시인은 노동의 유의미성에 대해 전해 주는 데, 이를테면 "먹보 누에가 등록금"이 되고 "도서관 드나드는 것보다 더 진한 진리와 공부"(〈누에 기르기〉)를 가르쳐 준다는 이해가 그렇다.

시인은 농부들의 삶을 통해 노동의 뚜렷한 목표를 읽어낸다. 아이들에게 보름달은 그저 "마음만 빼앗"고 있을 뿐이지만, "풍년을 기원하는 어른들의 소원", 그 "간절한 기도는 일 년 내내 계속됐"(〈달맞이〉)다는 사실. 그것이 바로 어린이에서 "오십 년 후반"(〈늦은 방문〉)의 나이를 먹은 화자가 포착한 노동의 숨겨진 힘이리라.

> 우수수
> 우수수 떨어집니다
> 멍석 위에 벼가 쌓이면 쌓일수록 아버지 입은 귀에 걸렸습니다
> …(중략)…
> 농사 고집의 일 년을 위로받은 벼 나락은
> 차곡차곡 빈방 천장에 닿고
> 쌀밥으로 책임질 아버지의 어깨는 으쓱거렸습니다
>
> – 〈타작〉 부분

　아버지가 그토록 농사일에 열심이었던 것, 아버지뿐만 아니라 어머니 역시 농사며 베짜기, 누에 기르기를 할 수밖에 없었던 이유는 자식들을 먹여 살리기 위함이었다. 자식들을 먹여 살리기 위해 고통을 감내하는 것을 마다하지 않은 이유는 지극한 자식에 대한 사랑이기도 하지만, 동시에 그가 그로써 있을 수 있는 이유, 누가 뭐라고 하지 않아도 스스로가 아버지라는 이름에 걸맞게 되는 일이기 때문이다. 이렇듯 노동은 책임을 지고자 하는 의지이며, 이러한 책임을 완수하게 될 때, 비로소 인간은 누구보다도 그 스스로가 스스로로 자리한다는 의미를 가지게 된다.
　그런 면에서 볼 때 노동의 세계로의 편입은 단지 충만한 세계로부터 추방당

했음을 의미하지 않는다. 노동의 세계로 들어와, 고통을 감내하며 목표를 추구하는 삶을 살아감으로써 인간은 스스로의 의미나 가치를 깨닫게 된다. 오히려 놀이의 세계가 가진 충만함을 깨닫게 되는 것은 이러한 삶의 의미나 가치를 잃어버렸을 때, 그리고 그것을 다시 되찾는 과정 속에서이다. 그렇게 볼 때 놀이의 세계가 가진 충만함은 지루함을 해결하기 위한 대책이거나 별다른 가치를 느끼지 못하고 내던져버릴 것과 구분되지 않는다.

시인은 이와 함께 노동을 통해 세계가 새로운 의미들로 차오르는 모습을 보여주고 있다. 아버지뿐만 아니라, 아버지를 바라보는 나, 고된 노동의 결실 끝에 당당한 웃음 짓는 아버지에 대한 존경, 이러한 인간 공동체가 가지는 의미가 시 곳곳에 스며 있다. 또한 농사를 짓기 위해 필요한 물, 그것이 단번에 주어지지 않는다는 것, 때문에 비가 올 때, 물을 만날 때 가지게 되는 반가움, 대마가 될 수도, 삼베가 될 수도 있는 풀이 사람들의 노동과 협동에 의해 생계로 변모하는 모습은 놀이의 세계 못지않게 풍부하며 고된 만큼 보람을 느끼게 한다.

4. 생활, 그 즐거움에 관하여

노동의 세계 역시 한계를 가진다. 아무리 노력한다고 해도, 인간은 스스로 충만한 세계를 구성하는데 실패하기 때문이다. 수확의 계절은 가을 한 철에 지나지 않으며, 베를 짜내기까지의 시간과 노력에 비해 그 수확은 얼마 되지 않는다. 노동의 삶은 매 순간 고통을 선사하며 삶에서 과연 의미를 만드는 것이 가능하기는 한 것인지, 아니 그런 식으로 만들어낸 의미가 가당키나 한 것인지 되물어오는 듯하다.

사실, 놀이의 세계에서도 이는 마찬가지였다. 놀이에 완전히 몰입한 듯 느껴졌던 그 순간에도 어린 시절의 '나'는 생계를 의식하고 있었다. 고무줄 놀이를 하는 와중에도 "끊어다 준 찰고무줄로 팬티 끈을 조이고"(〈찰고무줄〉), "호랑(호주머니)에 새알을 채우고/ 새집을 헤집어" 놓으면서도 "네 것/ 내 것 찍어 놓은" 이유는 어쨌거나 곯은 배를 채우기 위함이라는 씁쓸한 현실이 놀이에 비집고 들어와 있음을 보여준다.(〈악동들의 일기〉) 육체의 가난함을 채우지 않으면 놀이는 시작될 수 없었고, 그 가난함을 채우기 위해 놀이를 했다. 나아가 아이들과의 놀이에서도 위계는 자리하고 있었으며, 아이들 사이에서의 조그마한 힘의 차이는 놀이를 금세 사회의 위계를 실감하는 순간으로 돌변했다.

각각의 세계는 이렇듯 서로를 배반하는 방식으로 밖에 간섭할 수는 없는 것일까? 시인은 그렇지 않다고 대답하는 듯하다. 오히려 시인은 각각의 세계가 간섭하고 있는 것을 더욱 긍정적인 세계의 출현, 그 세계에 자신이 처음부터 자리했었다는 것을 안 채로 놀이와 노동의 세계를 그려온 듯하다. 시인은 자치기를 하며 단지 그것이 놀이였기 때문에 재미있었던 것이 아니라, "마음과 힘을 모을 때/ 많은 점수를 얻었다는 것을", 이것이 협동의 즐거움이라는 것을 깨닫는다. 그리고 이것은 온 마을이 아이들에게 베푸는 마음, 놀이의 세계에 사는 아이들에게 노동의 세계에 사는 어른들이 베푸는 작은 배려였다.

집집마다 무쇠솥 안에는 수북수북 담은 밥그릇들이 포개졌지만 그 밥의 주인은 없었다. 단속하지 않으니 동네 모두의 밥이고 반찬이다. 초저녁부터 늦은 밤까지 동네 어린이들은 고양이 걸음으로 가가호호마다 솥뚜껑을 연다. 떨그럭떨

그럭 쇠 부딪치는 소리가 잠을 깨울 때에도 어른들은 개의치 않는다. 바가지에
양껏 담은 밥과 반찬은 넘치게 자유롭다.

– 〈밥도둑〉 부분

아이들에게 이것은 일종의 '도둑 놀이'이다. 집집을 몰래 들러 들키지 않고
밥을 먹기, 놀이가 조금 허전하다면 누가 누가 더 많이 먹는지 내기를 해도 좋
을, 허기를 채운다기보다는 남의 집의 음식을 몰래 훔쳐 먹는다는 긴장감, 더
불어 배를 가득 채우는 포만감이 자리하는 즐거운 놀이일 것이다. 하지만 냉
정하게 생각하면 이것은 남의 집 재산을 축내는 것이며 무엇보다도 당장 어떻
게 해결해야 할지 모를 끼니를 없애는, 어른들의 입장에서는 충분히 아이들을
혼낼 구실이 있는 행동이다. 그러나 '어른들' 노동의 세계를 살아가는 이들은
그러한 아이들의 행동을 눈감아준다. 그만큼 허기의 고통을 알기에, 당신들
앞에서 한 숟가락 더 들기가 무서워 다소곳이 수저를 내려놓던 시절을 이미
지나왔기에 그들은 그렇게 잠기운을 깨우는 소리에 뒤척이며 다시 눈을 감았
을 것이다.

이는 어른들의 어린 시절, 그들이 받았던 배려를 다시 아이들에게 베푸는
것만은 아니다. 이들은 또한 어딘가로부터, 어린 아이들이 어른들의 배려를
받고 있다는 것을 알 듯, 모르듯 한 것과 마찬가지로 어떤 미지의 세계, 자신들
과는 다른 세상의 대상들에게 도움을 받고 있다고 여긴다. 화자는 이러한 미
묘한 전조들을 삶의 곳곳에서, 삶의 토대인 마을의 곳곳에서 발견하고 있다.
그것은 "파란, 빨강, 노란색 천 쪼가리가 흐느적흐느적"거리며 머리칼을 쭈뼛
거리게 하는 '서낭당 귀신고개'로, 볏단에 붙인 불을 돌려 "비대해진 가난을
터는" 쥐불놀이로, 좀체 어쩔 수 없는 액운을 때우고자 무당을 불러들여 하는

'된 굿'으로 나타난다.

화자는 이러한 마을의 풍경을 보며 어린 마음에 그것이 무엇인지, 과연 그것이 소용은 있는지에 대해서 궁금해 하기보다는 단지 잘 되기를, 나쁜 일은 가고 좋은 일만 있기를 바라거나 어쩔 수 없는 아이의 마음으로 그저 예쁘고 즐거웠던 느낌이었음을 기록하고 있다. 하지만 화자가 말하고자 하는 것은 이러한 마음의 미묘한 전조들은 삶이 놀이와 노동의 세계와 같이 층층으로 이루어져 있으며, 마을이, '용내래미 사람들'이라는 공동체가 이러한 층층의 세계의 조화로움 속에 자리하고 있다는 것이다.

세계와 세계 사이를 오가며 보게 되는 것은 가혹한 현실, 가난을 견디고, 고통을 감내하는 것만이 아닌, 이러한 과정을 통해 발견하게 되는 무수한 세계들, 이들이 조화를 이루는 보다 폭넓은 시원의 세계라고 마종옥 시인은 말하는 듯하다. 그것은 놀이의 충만함과 노동의 보람, 의미를 모두 찾아볼 수 있는 세계는 아닌지. 시인에게 용내래미, 자신의 고향은 그러한 시원을 체험하게 하고, 이제는 시의 기록을 남길 양분이 되어 차곡차곡 내면 언저리에 자리하게 된 것이리라.

5. 나의 살던 고향은……

고향은 어디로 갔을까? "열댓 집 이웃들 모두 흩어진 것은/ 물속으로 사라진 고향" 때문이라는 시인. 그의 말마따나 그가 나고 자란 고향은 더 이상 갈 수 없는 곳이 되어 버렸다. 마을이 온통 물에 가라앉아 수장水葬되었던 까닭이다. "말랑말랑한 홍시/ 튼실한 알밤/ 그 나무들은/ 물속, 어디서 어떻게 견디고 있을까" 질문만 무성할 뿐이다. 그럼에도 불구하고 시인은 "수장된/ 그곳에서/

나는/ 고향 사람들을 길어 올리고 있었어요"(《용내래미 사람들》)하고 담담히 말한다.

특별히 시인은 한 편의 시를 통해 시대의 격변 속 수몰된 한 세계를 수면 위로 떠오르게 만들었다. 앞에서도 언급했듯이 추억으로 대변되는 우리의 무의식, 기억 저편에 있는 다양한 이미지들, 느낌, 징후와 같은 일종의 느낌들을 언어라는 장으로 해석하는 시도를 시작한 것이다. 마치 고고학자가 고대의 유물을 다루듯, 그의 언어는 상세하고 치밀하다. 그래서 선명하다. 그만큼 시인은 시를 통해 수몰된 고향을 복원해 가는 법을, 특별히 '용내래미'라는 특정한 장소를 통해 고향과 어린 시절의 이야기, 노동의 풍경으로 대변되는 세계를 함께 길어 올린다.

무엇보다 중요한 것은 수몰되어 가는 세계가 마종옥 시인 개인만의 이야기는 아니라는 점이다. 분주한 생활 속에서 우리는 끝없이 지워져가는 기억들과 마주한다. 우리가 종종 사진을 찍고 글을 쓰며, 기록을 남기는 것 또한 추억을 남기기 위한 일종의 몸부림은 아닐까? 현대를 살아가는 우리는 수없이 많은 사건과 사고, 정보의 더미들 속에서 살아간다. 어제의 일이 오늘은 쉽게 잊히는 세계, 어쩌면 우리의 과거는 매일 수몰되어 가고 있을지도 모른다. 우리는 시인의 눈에서 수몰되어 가는 개인들의 일상을 돌이켜 생각해 볼 수 있게 된다. 우리의 생활은 무엇으로 사로잡혀 있는가? 우리가 잊고 사는 것은 무엇이었는지?

이런 맥락에서 마종옥의 시는 현대를 살아가는 우리에게 유의미하다. 그의 시는 인간의 보편적인 모습을 이끌어 낸다. 놀이와 노동이라는 삶의 형태가 고대로부터 지금까지 이어져 왔다는 점을 생각해 볼 때, 우리는 그의 시를 통해 인간이라는 본질 자체에 대해 생각해 볼 여지를 갖게 된다. 돌이켜 생각해 보면 시인은 문학이 수몰되어 가는 이 시대에, 시를 끌어 올리는 작업을 하는 사람 중 하나일 수도 있겠다. 물론 그것이 많은 사람들에게는 하등 쓸모없이 보이는 일일지라도 말이다. 아무런 쓸모도 없는 일, 그리하여 더 의미를 생각하게 만드는 작업이 바로 마종옥 시인의 〈용내리미〉가 아닐까.